神奇柑仔店4

# 給我變強的狼饅頭

文 廣嶋玲子 圖 jyajya 譯 王蘊潔

目錄

1PLAY
¥10
100元
免洗筷
棉花糖

營業中
糖
扭蛋殼置放盒
海賊
杏仁巧克力
海賊
杏仁巧克力
錢天堂
有用玩具
消夢橡皮擦
扭到什麼全憑運氣…
今日一百元
錢天堂
有用玩具
護身鈴
扭到什麼全憑運氣…
今日一百元
錢天堂
有用玩具
脫困陀螺
扭到什麼全憑運氣…
今日一百元

# 序章

這是一個奇妙的廚房。

廚房內的烹飪器具、爐灶和鍋子都很老舊，每一個都已經發黑，看起來都很可怕。

廚房內沒有燈，但點了很多蠟燭，每根蠟燭都發出詭異的紫色火焰。火焰時而搖曳膨脹，時而縮起，晃動的燭光簡直就像有生命一樣。

最奇怪的是，雖然蠟燭發出燭光，但廚房仍然籠罩在一片黑暗中。濃密的黑暗瀰漫了整個空間。或許是因為這個原因，所以除了黑暗之外，這裡還有一種令人窒息的感覺。

不過，有一個人卻是心情愉快的在廚房內忙碌著。那是一名少女，她的年紀大約七歲，皮膚白得驚人，一頭深藍色頭髮，標緻的五官就像是女兒節娃娃，卻有一種邪惡的氣息。她身穿一件有紅色彼岸花圖案的黑色短和服，外頭又穿了一件圍裙。

那個少女攪動著爐灶上的一個大鍋子，火爐冒出綠色火焰。她正在煮一鍋漆黑的東西，鍋裡正咕咚咕咚冒著氣泡。每次氣泡破裂，都會聽到像慘叫般的聲音。

少女露齒笑了起來。

「看起來很成功。」

當她用沙啞的聲音嘀咕著時，後門悄然無聲的打開了——有一團發出紅光，看起來像是水一樣的東西在地上移動。

「咦？這麼快就回來了？有沒有看到什麼有趣的東西？」

少女蹲下來摸著那一團紅水，它立刻凝固，變成透明的結晶，然後像電視一樣浮現出影像。

一開始，是一家小柑仔店，門口掛著「錢天堂」的牌子。一個男孩走了過來，在柑仔店前停下了腳步。那個男孩專心打量著店門口的零食時，一個高大的女人從後方走了出來。那個身穿紫紅色和服的女人一頭白髮，圓圓的臉蛋看起來很年輕。

少女的眼睛一亮。

「喔，有客人去了紅子的店。來得早不如來得巧，我剛煮好做零食的材料。呵呵呵，紅子，如果把你客人手上的零食換成我的，不知道你那張一本正經的臉會變成怎麼樣，呵呵呵，真讓人期待啊。」

少女用舌頭舔著嘴脣，她那鮮紅的舌頭彷彿像是一隻野獸一樣。

# 1 猜題罐頭VS作弊油炸麻糬

「太棒了！太猛了！太棒了！」

雄太走在小巷子內，內心忍不住歡呼。他的腳步輕盈，就像踩在雲上，好像隨時快飛起來了。

雄太快步走向家裡，一次又一次看著手上的東西。

他手上握著一個大罐頭。雖然外觀有點像桃子罐頭，但罐頭上的貼紙畫著從來沒有見過的銀色星形水果貼紙，用很大的紅字寫著

「猜題罐頭」。

他不管看了幾次，對於自己竟然可以買到這麼厲害的東西還是覺得難以置信。

「我今天真是超級幸運！」

雄太不久之前還沮喪得要命。因為他這次考試的成績還是慘不忍睹。

雄太很討厭讀書，他完全不知道要怎麼讀書，也不知道哪裡是重點，更不知道考試會考哪裡。小學五年級的學生要讀很多科目，他每次都很快就放棄，覺得「我怎麼可能記得住這麼多內容！」所以他根本不讀書，考試的成績當然也很差。

父母每次看到他的成績都很生氣，說不定這次可能真的會逼他去補習班上課。雄太不想去補習班，白天已經在學校上了一天課，放學後還要去補習班上課，光是想像，就覺得渾身發毛。

放學的路上，他想要發洩一下心中的怒氣，所以他搶走同學洋介的書包，還把洋介書包裡的東西全都丟在路上。洋介瘦小又懦弱，是個愛哭鬼，是雄太覺得最好欺負的目標。每次放學後，雄太就會對洋介說：「我們去玩吧！」然後他會逼洋介買零食、漫畫，有時候也會以拳擊遊戲為名，打洋介一頓。

一旦雄太得去補習班上課，他就沒辦法在放學時欺負洋介了。這麼一想，他的心情就越來越鬱悶了。

「考試成績差並不是我的錯，如果我知道會考哪裡，就會好好用功了啊。世界上有沒有讀書訣竅之類的東西呢？」

不知道是不是因為他走在路上悶悶不樂的想著這些事的關係，當他抬起頭時，發現自己站在一條昏暗的小巷內，而且前方有一家小柑仔店。

那家柑仔店看起來很奇妙，店裡都是一些從來沒看過的零食——「跳跳布丁」、「老鷹大理石巧克力」、「圍裙蜂蜜蛋糕」、「彩虹麥芽糖」、「狼饅頭」、「冒險餅乾」、「朋友雙拼」、「整人果凍」、「哥布林巧克力出奇蛋」……

「哇！好厲害！這些零食感覺超厲害！」

雄太還在專心打量著商品，一個女人從店裡走了出來。

那個女人看起來又高又大，雖然一頭白髮，但臉看起來很年輕，所以應該不是個奶奶。她穿了一件古錢幣圖案的紫紅色和服，頭髮上插滿五顏六色的玻璃珠髮簪，感覺很時尚。

雄太嚇了一大跳，當場愣在那裡。

這個阿姨是怎麼一回事啊？不僅身材高大，而且還很有威嚴。

那個很有威嚴的阿姨對他笑了笑說：

「歡迎來到錢天堂，你是今天的幸運客人。來，請進來仔細參觀，一定可以找到你想要的零食。」

雄太聽了，走進店裡。店裡陳列了更多各式各樣零食，每一種都散發出神奇的魅力，但不知道為什麼，並沒有任何一種零食讓他產生「我想要它」的想法。照理說，他應該想要把每種零食都占為己有才對。

雄太偏著頭納悶著時，那個阿姨卻對他說：

「如果你不介意，可以告訴我你想要什麼東西，我來幫你找。請問，你有什麼願望呢？」

阿姨甜美的聲音打動了雄太的心，當他回過神時，發現自己已經開口回答：

「我想知道每次考試會考哪些題目，也想知道課本哪裡是重點，要背哪些部分。我想要知道這些事，但這……不可能吧……」

「不，當然可能。」

阿姨用力點了點頭，拿出一個罐頭說：

「這是『猜題罐頭』，裡面裝滿了靈感豐富的猜題直覺水果。只要吃了之後，就能夠憑直覺猜到考試的題目，你針對這些重點複習，就絕對錯不了，也不必白費力氣讀不會考的地方了。這不就是專門為你打造的零食嗎？」

雄太說不出話來，他兩眼盯著那個阿姨手上的罐頭。

「就是這個！她說的沒錯，這是專門為我打造的零食！不管用什麼方法，我都要把它帶回家！」雄太心想。

「多、多少錢？」

「五百元。請你付五百元。」

雄太急忙打開錢包看了一下，裡面剛好有一個五百元。他把五百元交給了那個阿姨。

她笑了笑說：

「好，這是今天的寶物，昭和（註）五十九年的五百元。這個『猜題罐頭』是你的了。」

於是，雄太買到了猜題罐頭。他走出那家店準備回家時，內心很激動，他很想趕快回家吃這個罐頭。

他邁著輕快的步伐，快走到了小巷口，準備向右轉。沒想到兩隻腳很不聽話的往左轉。前方一片漆黑，有一家店浮現在黑暗之中。那家店看起來有點像日式咖啡店，又有點像時尚的居酒屋。牆壁是黑色的竹子和白色灰泥組成，深藍色的布簾上用白色的字寫著

「倒霉堂」。

雄太沒來由的感到不寒而慄，好像看到了不該看的東西一樣。他直覺認為應該趕快離開。

正當他打算往回走時，布簾內伸出一隻手。那隻手又小又白，正在向雄太招手。

雄太頓時好像被一股力量拉了過去，他的雙腳不聽使喚，直直走向「倒霉堂」。

他掀開布簾走進去，發現店裡差不多有一坪多大，後方有一個黑色吧檯，旁邊放了一張高腳椅。吧檯後方有一扇門，那扇門緊閉著。

這裡到底是什麼店？

「這裡是『倒霉堂』，可以實現你的慾望。」

店內突然響起一個沙啞的聲音，雄太嚇得跳了起來。

轉頭一看，一個少女正站在他旁邊。那個少女大約七歲左右，穿著時下很少見的黑色和服，上面有許多紅花。雖然她皮膚很白、很漂亮，但全身散發出一種可怕的感覺。

那個少女露齒一笑。

「歡迎光臨。」

剛才聽到的聲音是從她兩片紅脣中吐出來的，沙啞的聲音完全不像是小孩子說話的聲音，但聽起來很舒服，讓人想要再聽她說話。

雄太瞪大了眼睛。

那個少女卻對他說：「你先坐下吧。」接著，她請他坐在店裡唯一的一張椅子上。

雄太戰戰兢兢的坐了下來，少女繞到吧檯的另一側，目不轉睛的盯著雄太的眼睛。

「你剛才是不是買了錢天堂的零食？」

「啊……」

雄太慌忙把猜題罐頭藏在身後，少女咧嘴笑了起來。

「喔，是『猜題罐頭』嗎？如果要說方便，可能真的算方便，但我覺得那種東西根本只是半吊子，是假貨。」

「假、假貨？」

「對啊，因為即使吃了之後，還是要用功讀書啊。必須拿著課本讀半天，把書上的東西記在腦袋裡，你不覺得很麻煩嗎？你真正想要的不是不用讀書，也可以考出好成績嗎？」

「……………」

「只要你吃了我的零食，就可以具備這種能力。也就是說，你可以選擇更輕鬆的方法。」

「更輕鬆？」

雄太忍不住探出身體，那個少女呵呵笑了起來，然後拿出一個小碗放在吧檯上。滿滿一小碗都是炸成黃金色的食物。

「這是『作弊炸麻糬』，越作弊、越偷懶，考試的成績就越好。只要吃了這個，根本不需要讀什麼書。怎麼樣？這是不是比『猜題罐頭』更吸引人？你不想要嗎？」

聽到那個少女用嗲聲發問，雄太差一點就馬上點頭了，但他立刻想到一件事——雖然他想要那個作弊炸麻糬，不過自己身上已經沒錢了。剛才買猜題罐頭時，已經把所有的錢都花光了。可惡。該怎麼辦？不，等一下。自己不是還可以找洋介嗎？現在馬上打電話給他，叫他送錢過來就好了。

雄太從口袋裡拿出手機，他對少女說：

「我現在身上沒錢，但我會請同學幫我送過來。這個多少錢？」

「不需要。」少女回答說：「本店不是用錢買零食，而且基本上都是先享用，後付款。本店是做『惡意』的生意，而且在客戶使用後收款，往往收穫更大。」

「惡意？」

「嗯，是啊。」少女雙眼發亮的點了點頭，「當你輕輕鬆鬆可以考一百分時，周圍的人就會羨慕你。這種羨慕的想法，還有大家的嫉妒和惡意，就是付給我的代價。」

少女呵呵笑了起來，她不懷好意的笑聲讓人很不舒服。

「我討厭這個人。」雄太心想。但是，她提出的建議太吸引人，雄太情不自禁的被「作弊炸麻糬」吸引，此時就連猜題罐頭似乎都退了色。

「我想要。我想要這個。」雄太內心吶喊著。

「怎麼樣？你想要嗎？」

「嗯。」

「那就這麼決定了。好了，好了，趕快把這種不值錢的罐頭丟了，來吃這個吧。」

少女滿面笑容的把小碗推到他面前。

雄太把猜題罐頭放在吧檯上，沒想到猜題罐頭一下子就消失了。難道是它已經察覺雄太不需要它了嗎？

「不，現在沒空想猜題罐頭的事，最重要的是，『作弊炸麻糬』就在眼前。」雄太對自己說。

雄太把小碗放在腿上，大口吃著「作弊炸麻糬」。這種零食滋味太奇妙了，剛放進嘴裡的時候，會覺得它簡直是人間美味，在吞下去的那一瞬間，卻有股苦味，喉嚨也會有刺刺的感覺，但只有一下子而已，而且很快就想要繼續再吃下一塊。

最後，雄太把一整碗炸麻糬全都吃完了，而那個少女笑得更開心了。

「很好很好，這樣就對了，好，你可以走了，接下來，『作弊炸麻糬』會把一切都處理妥當。你該離開了。」

「啊？」

「快走快走。」

少女催促著雄太走去門口，好像要把他趕出去。但是，當雄太走出布簾之前，少女突然露出可怕的表情叮嚀說：

「你聽好了，你必須覺得輕鬆考高分是一件幸福的事。一旦你心虛就完了。知道嗎？千萬別忘了。」

少女說完這句話，就把雄太推出布簾外。

離開那家店，雄太立刻覺得呼吸輕鬆多了。他回頭一看，「倒霉堂」已經消失不見了。他並不覺得奇怪，反而鬆了一口氣。以後不必再去那家店了，也不必再見到那個少女了。

雄太嘆了一口氣，抓了抓頭，踏上了回家的路。

隔天上數學課時，老師突然說要隨堂考。其他同學都發出慘叫聲，只有雄太雙眼發亮。

「太好了！這是測試作弊炸麻糬力量的絕佳機會。作弊炸麻糬，一切拜託了！」

考卷發了下來，雄太還是和往常一樣，看不懂那些題目。他平時都會抱著頭，隨便亂填幾個數字交差。

但是，這次不一樣了。

「不會吧！」雄太揉了揉眼睛。考卷上填答案的地方，竟然淡淡浮現出數字。

雄太戰戰兢兢的用筆描寫著這些數字，寫下答案。他又看了下一個題目，填寫答案的地方同樣浮現出數字。他故意寫了不同的數字，立刻浮現出一個藍色的叉叉——應該是代表他寫錯的意思。雄太慌忙修改為原本的數字，那個叉叉立刻消失了。

雄太了解了一件事——這就是作弊炸麻糬的魔力！只要看到題目，就可以馬上知道答案！太厲害了！怎麼會有這麼厲害的事！

那天之後，雄太完全不讀書了。即使上課不聽老師講課，回家也不看課本，每次考試，照樣可以考一百分。

爸爸和媽媽都喜出望外，不再整天罵他，所以雄太可以盡情的看漫畫、玩遊戲。

同學都露出羨慕的眼神看著雄太，對雄太來說，被大家嫉妒也是新鮮的感覺。他之前在同學眼中是個愛欺負人的小霸王，大家都討厭他或是害怕他，從來沒有人嫉妒他。

「這些傢伙那麼認真的練習漢字，或是去補習班上課有什麼用。唉——他們真是太可憐了。啊哈哈哈！」雄太越想越開心。

直到有一天，班導師澤木老師站在黑板前說：

「上次的自然考試，大家的成績都很差，只有水野同學一個人全部答對了。水野同學，你來這裡向大家說明一下黑板上的雲層分布圖和之後的天氣變化情況。」

「啊？」

雄太大吃一驚。「要我向大家說明？開什麼玩笑？我怎麼可能知道？我只知道考試的答案而已，根本搞不懂老師教的內容。雲？天氣變化？誰知道啊。」

「水野，你在幹麼？趕快來黑板這裡。」

被老師點名後，雄太只能慢吞吞的走到黑板前，但即使拿起粉筆，也完全不知道該寫什麼。

「水野，你怎麼了？」

「我、我……不知道。」

「你怎麼可能不知道？考試的時候不是都寫對了嗎？」

「但是……我真的不知道啊。」

他當然不可能向老師坦承，自己是因為吃了作弊炸麻糬，所以才知道考試的答案。雄太只能低著頭站在那裡。

這時，聽到老師說：

「那你說一說考試哪裡是最關鍵的內容，只要掌握了那個關鍵，其他部分就迎刃而解了。你把重點告訴大家。」

「我不知道……」

「水野，你鬧夠了沒有？難道你不想把訣竅告訴其他同學嗎？你不覺得這樣藏私很丟臉嗎？」

雄太終於情緒失控，大聲叫了起來：

「我不是說了嗎？我、我不知道！我真的不知道嘛！」

教室內鴉雀無聲。雄太渾身冒著冷汗，心臟跳個不停。

不一會兒，老師用冰冷的語氣說：

「好吧，那你回去坐好。」

雄太走回自己的座位，不敢看其他同學。太丟臉了。他羞愧得連耳朵都發燙，好像要燒起來了一樣。

他第一次為自己吃了作弊炸麻糬感到後悔。

「搞什麼嘛……早知道會這樣，應該吃猜題罐頭。如果吃了猜題罐頭，就可以回答這裡和那裡是重點，也就不會像剛才那麼丟臉了。」

他忍不住這麼小聲嘀咕時，周圍突然暗了下來，而且格外安靜。

雄太打量四周，發現四周一片黑漆漆。

「太奇怪了。我不是坐在教室嗎？老師和同學都去哪裡了？」

「嗚呃！」

雄太的胃好像被鋼爪用力抓了一下，身體彷彿破了一個洞，有什麼東西從那個破洞流了出來。雖然不會痛，但感覺很可怕。雄太的雙腿發抖，忍不住跪在地上。

低頭一看，地上有一堆黏稠的黑色液體。那些黑色液體緩緩移動，流向前方。上次那個「倒霉堂」的少女不知道什麼時候站在那裡。

少女露出滿臉不悅的表情，雙眼瞪著雄太，生氣的撇著嘴脣。

雄太嚇得魂不附體，那個少女冷冷的說：「你搞砸了！我不是警告過你，一旦心虛就完蛋了嗎？唉，作弊炸麻糬的力量已經離開你了。你應該為能夠考出好成績感到滿足，誰知道你竟然覺得紅子

的零食比我的零食好，真是太讓人生氣了。」

少女說完，蹲下身體，抓起流向她的黑色黏液，黑色黏液立刻離開了地面，在她的手上動來動去，最後變成像是一顆像是壘球的東西。

雄太終於發現，那些黑色黏液就是作弊炸麻糬的力量，那個少女來這裡是為了回收這些力量。

雄太想要哀求少女，希望可以恢復那些力量，但是，他完全無法動彈，更無法靠近她一步。

雄太大聲慘叫著。

「等、等一下，不要帶走它！如果沒有這種力量，我……以後會怎麼樣？」

「啊？你作弊了多少次，就會得到多少報應，反正這些都不關我的事。」

「那……『猜題罐頭』呢？那不是我的嗎？把罐頭還給我！」

如果有猜題罐頭的話，也許還有辦法。

少女對神色緊張的雄太露出可怕的笑容說：

「你放棄了那個罐頭，所以它就消失了。你要記住，下次絕對不要向『倒霉堂』的澱澱要『錢天堂』的零食！絕對不准你再提到它。」

少女說完後，轉身離開，然後就消失不見了。雄太回過神時，發現自己已經回到教室裡了。

「嗚哇哇哇哇哇！」

雄太放聲大哭。他看著周圍，其他同學都用驚恐的眼神看著他，就連老師也露出驚訝的表情。

「我必須說些什麼才行。」雄太拚命張開了嘴。

「不、不是我的錯！不是我，是那個少女的錯！都是她叫我吃『作弊炸麻糬』！不是我的錯！不是我的錯！」

雄太的話在教室內空虛的迴盪著。

水野雄太。十一歲的男孩，昭和五十九年的五百元硬幣。購買了「猜題罐頭」，之後又換成倒霉堂的「作弊炸麻糬」。



註：昭和為日本昭和天皇在位時使用的年號，昭和五十九年為西元一九八四年。

# 2 狼饅頭

洋介很膽小，即使別人罵他、他也不敢反駁；即使別人打他、踢他，他也不敢還手。因為他很膽小懦弱，所以從幼兒園開始，他就一直被人欺負。即使升上小學之後，這種情況仍然沒有改變。

不久之前，小霸王雄太還對大家說：「洋介是我的！」雄太總是欺負洋介，不知道搶走了多少洋介的零用錢、遊戲和漫畫。只要想到雄太，洋介就又惱又火，怒不可止。

兩個星期前，雄太突然變得很奇怪。他在教室內突然大喊著：「這不是我的錯！」全班同學都被他嚇到了。

自從那天之後，雄太就很安分，簡直就像變了一個人。他好像害怕所有的人、事、物，整天心驚膽戰。他終於不再欺負洋介，洋介暗自高興，以為從此再也不會被人欺負了。

但是，他才高興了幾天而已。因為班上又有其他男生開始霸凌他。洋介終於了解，這個世界上的壞蛋總是層出不窮。遇到壞蛋，就必須迎戰，只不過洋介做不到。因為他很害怕，所以只能忍耐。

某一天早上，洋介慢吞吞的走去學校。越靠近學校，他的臉色就越蒼白。

他不想去學校。一想到得去學校，他的肚子深處彷彿都緊縮了起來，就好像是被凍結了一樣。不知道那幾個男生今天會怎麼欺負自己，是會說什麼要玩「決鬥遊戲」，然後把自己打得很慘嗎？還是用麥克筆在自己的桌子上胡亂塗鴉？

唉，討厭討厭。雖然那幾個霸凌別人的同學覺得很好玩，但對被霸凌的人來說，簡直就是折磨。

「我為什麼沒辦法成為一個勇敢的人？故事中的英雄不是都很英

勇帥氣嗎？」洋介發自內心想要變身成英勇的人。

如果可以變成又帥又強大，無所畏懼的英雄，好好教訓班上的那些欺負他的同學，不知道該有多好。不知道是不是因為他一直沉浸在這種想像中的關係，當他回過神來，他突然發現自己來到一個陌生的地方。那是一條昏暗的小巷子。

「咦？」

洋介立刻害怕起來，心臟噗通噗通的跳。

這裡是哪裡？他東張西望，看到小巷深處有一家小店。那家老舊的小店掛著「錢天堂」的招牌。

洋介不知道為什麼自己對它感到很好奇，慢慢走了過去。

「原來是柑仔店……」

沒錯，那是一家柑仔店。店門口和店內都放滿了各式各樣的零食，每一種零食都散發出難以用言語形容的魅力。

但是，洋介的眼睛只盯著某一樣零食看。

那個零食放在店門口的最前排，用亮閃閃的銀灰色紙包了起來，上面貼了一張狼仰頭對著月亮吠叫的貼紙，然後用小字寫著「狼饅頭」。

洋介看到這個之後，眼裡再也看不見其他零食。

「我想要這個。我要買這個『狼饅頭』。」洋介在心裡對自己說。

一個高大的阿姨好像聽到了洋介的心聲，從後方走了出來。她穿了一件有古錢幣圖案的紫紅色和服，雪白的頭髮上插了好幾支髮簪。

她張開紅色的嘴脣，露出笑容，對洋介說：

「歡迎光臨，你是今天的幸運客人。我是這裡的老闆娘紅子。通常應該是由我協助客人找他們想要的東西，不過你好像已經找到了想要的零食了。」

這個阿姨說話有點奇怪，聲音聽起來很甜美溫柔，但有一種威嚴，讓洋介覺得有點害怕。

雖然洋介有點畏縮，但還是雙腳用力站在原地，「現在不能逃走，無論如何都要得到『狼饅頭』。」他想。

「我……我想要這個。」

洋介指著狼饅頭說。

那個阿姨笑得更開心了。

「原來是這樣，你想變成一個強大的人吧？『狼饅頭』的確是最適合你的零食。這個的價格是一元。」

「啊！這麼便宜嗎？」

「對，今天的價格是一元，你身上有一元吧？」

「等……等一下。」

洋介慌忙的把錢包拿了出來。錢包裡只有一枚一元，他把它交給那個阿姨。

「嗯，沒錯，的確是今天的寶物，平成（註）二十五年的一元。這個給你。」

阿姨拿起狼饅頭，放在洋介的手上。狼饅頭雖然很小，但很有分量。光是拿在手上，洋介感覺自己好像就變得很強大。

洋介滿心感動的看著狼饅頭，那個阿姨卻一副神祕的樣子，小

花生
花生
花生
花生

聲對他說：

「『狼饅頭』的力量是堅強，力量可以成為正義的支撐，也可能成為無情的惡行。你要好好想一想，自己想成為哪一種人，記得要仔細看包裝紙上的說明書。」

「啊？包裝紙？」

洋介抬起頭，瞪大了眼睛。

錢天堂不知道什麼時候消失了，剛才出現的阿姨也不見了，只剩下空蕩蕩的暗巷。

洋介差點以為自己在做夢，但他的手上的確拿著狼饅頭。銀灰色包裝紙上的那匹狼像是在強而有力的吠叫著，洋介覺得那匹狼金色的眼睛正看著自己。

「趕快吃我。」

洋介覺得好像聽到狼在對他說話。於是他打開包裝紙，裡面有一顆白色的饅頭，好像滿月一樣，發出冷冷的光芒。

洋介用力吞著口水，戰戰兢兢的把饅頭放進嘴裡。

「太好吃了！」

饅頭很好吃，裡面的白豆沙甜的味道很高雅，和帶有一點鹹味的外皮很搭。

洋介幾乎才兩口就把狼饅頭吃完了。

他立刻感覺到身體深處湧現一股力量。耳朵聽到了以前聽不到的聲音，鼻子也聞到了以前聞不到的氣味，所有的感覺變得格外敏銳，好像變成了野獸。

洋介丟掉包裝紙，抬頭看向前方。他可以清楚看到巷子對面大馬路旁的學校——那裡傳來很多小孩子的氣味。

但是，他不再感到害怕。沒錯，他現在已經無所畏懼。這種感覺實在太棒了。

洋介昂首挺胸的走向學校，不一會兒，他跑了起來。他的身體很輕盈，像風一樣奔跑很愉快。他忍不住笑了起來。

沒一眨眼的工夫，他已經到了學校。

佐佐木、青山和二階堂，那些平時霸凌他的幾個同學正站在鞋櫃前等著他——每次都是這三個人。

他們一看到洋介，立刻走過來把他團團圍住。

「嗨，洋介，早啊。」

「今天是《勝利戒指》出刊的日子吧？你買了嗎？」

「你當然去買了吧？」

洋介盯著眼前的三個人，即使看著他們嬉皮笑臉的樣子，也完全不感到害怕，只覺得他們很笨、很可憐，也很醜陋。

洋介靜靜的說：「我沒有買《勝利戒指》。」

「啊？什麼意思？」

「太火大了！超失望！」

「你要怎麼彌補我們？」

二階堂用力抓住洋介的肩膀恐嚇他。洋介推開他的手，用低沉的聲音說：

「我沒想要彌補，我不想再買東西給你們了……你們別再來找我麻煩。」

「哇啊！這傢伙怎麼回事？嚇死我了！」

「喂喂，你幹麼這麼嚴肅？說我們找你麻煩太過分了吧？我們好心陪你玩，你這麼激動，有什麼問題嗎？」

「就是啊，我們不是朋友嗎？你竟然想不理會朋友，會不會太不夠意思了？」

「看來得好好教訓他一下。」

三個人向洋介逼近。

洋介察覺到危險的同時，他的身體已經採取了行動。他以迅雷不及掩耳之勢，一拳打向佐佐木的肚子，又甩了青山一個耳光。雖然他覺得自己出手很輕，但佐佐木和青山都重重的摔倒在地上。

「喂！不會吧！」

二階堂慘叫著，洋介往他的腿踢下去，他應聲倒在地上，接著洋介又踩住他的頭。二階堂雖然拚命掙扎，卻無法把洋介推開。

因為三兩下就解決了他們三個人，洋介自己也嚇了一大跳，這時他才明顯感受到自己真的變得很強大。

「我不會再讓別人霸凌我了。」

一股凶殘的喜悅湧上心頭，洋介卻覺得背脊發抖。不過，他同時發現之前霸凌他的幾個同學身上發出一股難以形容的美妙氣味。

那是恐懼的氣味。之前整天霸凌洋介的傢伙，現在卻對洋介感到害怕。聞到那股害怕與恐懼的氣味，洋介覺得口水快流下來了。

「太棒了，真是太棒了。我想繼續聞這個氣味，我要讓他們更害怕才行！」

洋介的腳才稍微用力，他腳下的二階堂就發出尖叫聲。

「不！對不起！對不起！以前都是我不對！我們以……以後不敢了！你買的那些東西，我會統統還給你！」

「以後不許再惹我，也不准再說我的壞話。聽懂了嗎？」

「聽、聽懂了！我已經聽懂了！」

洋介看著淚流滿面的二階堂，突然笑了起來。

「呵、呵呵呵！啊哈哈哈！」

洋介踩著二階堂，放聲大笑起來。

那天之後，洋介的生活發生了巨大的變化。沒有人敢再欺負他，而且以前霸凌他的那些同學全都開始討好他。

青山、二階堂、佐佐木，這三個傢伙更是整天像跟屁蟲一樣，不斷在洋介周圍打轉，整天巴結他。洋介很看不起他們，但內心很得意，尤其是看到他們看自己時的眼神，每次看到他們露出恐懼的眼神看著自己，他就忍不住興奮得發抖。

「這幾個傢伙以前整天欺負我，我怎麼可以輕易饒了他們？」

洋介決定以牙還牙，用他們以前對待自己的方式對待他們。洋介要求他們買漫畫、零食和遊戲給自己，只要他們敢違抗，就立刻用手彈他們的額頭。雖然洋介只是輕輕彈一下，但是青山他們的額頭上立刻留下很大的瘀血。

於是青山他們很快就變成了洋介的跟班。

洋介當然不可能忘記那個最不能原諒的傢伙——水野雄太，以前的小霸王。即使他突然變乖了，也不能抵銷以前欺負洋介的罪。

洋介命令青山他們在放學後，把雄太帶去校舍後方很少人去的花圃。

洋介仔細打量著被青山他們幾個壓住的雄太。雄太全身發抖，根本不敢看洋介。洋介聞到他全身散發出的恐懼味道，忍不住吞著口水。他看起來太好吃了。

「喂，雄太！你看著我們！」

佐佐木似乎想要討好洋介，他打著雄太的頭說。

「呃！」

雄太看著洋介，他的臉色蒼白。洋介故意面帶笑容，看著雄太的臉。

「雄太，你以前常欺負我，你忘了嗎？你忘了也沒關係，反正我記得很清楚，你對我做的每一件事，我都記得一清二楚。」

洋介瞥了佐佐木他們一眼，他們幾個人慌忙的低下了頭。

「雄太，我想要把你欠我的拿回來。你還記得第一次欺負我的情形嗎？你說要『磨練』我的額頭，所以一直彈我的額頭。現在輪到我來磨練你了。」

洋介輕輕伸出手指，在雄太的額頭彈了一下。啪噠，他的手指在雄太的額頭上發出很大的聲音。接著，雄太整個身體向後仰，然後就倒在地上，站不起來了。

佐佐木想把雄太拉起來時，班導師澤木老師突然走了過來。

「你們幾個在這裡幹什麼？」

佐佐木他們三個驚慌失色，但洋介卻不慌不忙。他吃了狼饅頭，所以即使遇到身體又高又壯的澤木老師，也完全不害怕。

「沒幹什麼啊，只是在這裡玩。」

洋介笑著回答，老師不理會他，走到雄太身旁問：

「水野，你沒事吧？你的額頭怎麼了？」

「啊、啊……」

雄太無力的搖搖頭。他心裡很清楚，如果向老師告狀，之後會被欺負得更慘。

洋介發出冷笑聲，老師瞪著他說：

「你是不是在欺負水野同學？」

洋介頓時火冒三丈。

「搞什麼啊！以前根本沒有發現雄太和另外幾個人是怎麼霸凌我的？我只是稍微報復他們一下，竟然只罵我一個人！無法原諒！不能讓他繼續當老師了！要不要把他的頭髮全都拔光？不，還是把他的手或腳打斷？」洋介腦中迅速浮現這些想法。

當洋介這麼想的同時，他的背脊抖了一下。之前也曾經有好幾次同樣的感覺，但這次特別強烈，他覺得背上癢癢的，好像長出了什麼東西。

洋介不知道是發生了什麼事，他伸手摸了摸自己的脖子，忍不住倒吸了一口氣。脖子後方有一些硬硬的毛髮，摸起來好像毛皮。他試著抓了一下，卻感到一陣疼痛。指間抓下了一些約兩公分的毛，那些銀色的毛，看起來就像是狼的毛。

「這是什麼？」洋介陷入茫然。

澤木老師大聲斥責洋介：

「你有沒有在聽我說話？你到底怎麼了？你以前不是這樣的人啊？欺負弱小是最可恥的事，你知道嗎？」

洋介差一點就大聲吼回去：

「欺負別人最可恥？不需要你告訴我這件事，我比任何人更清楚！我以前被欺負得很慘！所以我只是在以牙還牙而已！我到底有什麼錯！」

但是，他無法張開嘴。因為他感覺嘴巴裡的牙齒慢慢變長，他用舌頭舔了一下，發現牙齒前端變得像針一樣尖。

「是獠牙。這是我的獠牙，是我的武器，我可以一轉眼就把老師的身體咬開。要不要試試看？眼前現在就有理想的獵物。」

他覺得好像有人在耳邊小聲說話。洋介差一點無法克制自己，就聽從那個聲音採取行動。幸好他在千鈞一髮之際回過神。

「怎麼回事？我剛才想幹什麼？」

以前從來沒有體驗過的恐懼貫穿了洋介的全身，他十分害怕。他竟然對自己感到害怕。

「這是怎麼一回事？太奇怪了，我到底怎麼了？」洋介不斷的問自己。

如果繼續留在這裡，恐怕會出事，所以洋介決定逃走。

「喂！你要去哪裡？」

「讓開！」

洋介捂著嘴，把老師推開。老師的身體被他推到兩公尺外，但似乎並沒有受傷。

洋介直接衝出學校，避開人群奔跑著。他在奔跑的時候在腦海中一直想著：

「我沒有錯！我沒有錯！是他們先欺負我，我只是以牙還牙！這到底有什麼錯！我沒有錯！我沒有錯！」

當他回過神時，發現自己跑進了一條沒有人煙的小巷子裡。地上積著一灘灘汙水，到處都是水窪。其中一個水窪映照出洋介的身影。

洋介看了幾乎無法呼吸，因為他的臉上長滿了銀色的毛。不只是臉上，從喉嚨到脖子，甚至手臂上，全都長滿了毛。

他的嘴巴兩側露出長長的獠牙，他張開嘴巴，發現自己所有牙齒都變尖了，還發出白色的光，簡直就像一座座山脈一樣。

洋介盯著水窪看了很久，難以相信自己變成這樣。

這時，他聽到了腳步聲，也彷彿聞到了一股線香的味道。

有人正朝這裡走來。

洋介著急了起來。他不希望任何人看到自己目前的樣子，但他也不想再逃走了。洋介想，只有懦弱的人才會逃跑，我不想再成為懦弱的人。雖然不知道對方是誰，但只要自己把對方打昏在地就行了，這樣就不會被看見了。

洋介想到了這個自私的主意，所以他立刻躲到被當作大型垃圾丟棄的冰箱後。

腳步聲越來越近。

「好！就是現在！」

洋介衝了出去，撲向傳來腳步聲的方向。洋介的攻擊宛如閃電雷鳴，照理說，應該沒有人能夠躲過他的攻擊。他有十足的把握可以一下子就把對方打倒在地。

沒想到對方閃過了他的攻擊。洋介大吃一驚，他的手臂被人抓住了。下一剎那，洋介的身體在半空中轉了一圈，後背朝下，重重的摔在地上。

洋介的眼睛轉動著，他聽到一個鎮定自若的聲音說：

「啊呦啊呦，沒想到是如假包換的人狼啊。」

洋介猛然跳了起來，發現是一個白頭髮、圓臉，穿著和服、身材高大的阿姨站在那裡——原來是那家柑仔店的老闆娘。

「啊，呃……」

洋介說不出話來。不知道為什麼，他覺得被那個老闆娘看到自己目前的樣子很羞愧，而且想到了自己前一刻想要做的事，更是全身忍不住冒出冷汗。

「我剛才居然想要攻擊她。」

洋介實在覺得太羞愧了，羞愧得像是全身的毛都快掉下來了。雖然他很想馬上就逃走，但還是努力克制自己，留在原地。也許她知道自己為什麼會變成現在這個樣子。

洋介終於鼓起勇氣問：

「為什麼……我會變成這樣……」

「你是不是想問，為什麼你會變成現在這個樣子？那是因為你自己做出了這樣的選擇啊。」

「我……我嗎？沒有！我才沒有做過這樣的選擇！」

「真的嗎？」

老闆娘目不轉睛的看著洋介，讓洋介很想要把自己縮成一團。

她突然嘆了一口氣說：

「你沒有仔細看狼饅頭的包裝紙吧？」

「包裝紙？」

洋介想起上次她的確提到包裝紙，只是他完全沒放在心上，還把包裝紙丟掉了。原來那張包裝紙這麼重要？

洋介偏著頭納悶，她露出同情的眼神看著他說：

「狼饅頭的包裝紙同時也是使用說明書，……算了，那我就再向你說明一次。」

她閉上了眼睛，好像在唸咒語般，一口氣說了起來。

「致吃了狼饅頭的人。狼饅頭會帶給你很大的力量，但同時也可能因為一些小事大發雷霆，傷害周圍的人。你必須充分考慮這個問題，謹慎採取行動。當野獸的能力增強時，會長出銀色的毛和獠牙，漸漸變成人狼。如果不需要這種力量，就必須說出來，附在你身上的力量就會消失。現在，你可以成為想要變身的那個人。」

老闆娘說完後，再度看著洋介。

「當你開始對傷害他人感到快樂，就不再是人類，而是野獸了。怎麼樣？你是不是有想起什麼蛛絲馬跡啊？」

洋介的確想起了一些線索，而且回想起很多片刻記憶……，但他還是拚命辯解說：

「我、我並沒有做壞事，只是以牙還牙而已……是那些之前欺負我的人不對！」

「但比起他們以前對你做的事，你的行為不是更惡劣嗎？你不是對勒索那幾個以前欺負你的同學樂在其中嗎？」

老闆娘委婉的說道，而洋介說不出任何一句話。

「沒錯，她說的對。」他的心中響起一個聲音。

「所以，你已經墮落到和那些以前欺負你的同學相同的水準。」

這句話對洋介而言真的是致命一擊。

洋介臉色鐵青，愣在那裡。他的身體無法動彈，腦袋裡好像有一個銅鑼在敲一樣，不斷嗡嗡作響。

「墮落到和那些以前欺負你的同學相同的水準。『墮落』……『相同的水準』……」洋介腦袋裡不斷的重複著這些話。

洋介想起以前挨打時的疼痛和恐懼，還有被同學包圍、聽到一些難聽話時的懊惱，自己深刻的了解那些遭到霸凌時的痛苦，可是自己竟然變成霸凌別人的人。

淚水從洋介的眼中流了出來。

「我……我該怎麼辦？」

「你要自己做出選擇，每個人都可以成為自己想要成為的人。」

老闆娘溫柔的說完後，消失在小巷深處。

小巷裡只剩下洋介一個人，他仍然靜靜的站在那裡。

不知道在那裡站了多久，當洋介回過神時，發現天色已經暗了。他抬頭仰望天空，發現月亮已經在天上。今晚是漂亮的滿月。

當他看著皎潔的月亮時，身體漸漸無法平靜。月光呼喚著洋介體內的狼性，鼓舞著他盡情撒野，盡情傷害別人。他的身體裡充滿了這種迷人的誘惑。

洋介感到全身發冷，用雙手抱住了自己的身體。

不行。雖然他不想再使用狼饅頭的力量，但他似乎無法憑自己的意志加以控制。這樣下去，一定又會傷害到別人。

「我該怎麼辦？」洋介快哭出來了。

「你要自己做出選擇，人可以成為自己想要成為的人。」

洋介的腦海中響起柑仔店阿姨的聲音。

「我想要成為的人……」

他想起狼饅頭的說明書上，好像也有相同的話。

洋介突然恍然大悟。

喔，對喔，這個問題可以輕鬆解決啊，只要自己做好決定，知道接下來該怎麼辦就好。洋介再度抬頭看著月亮。

「我想保護自己。既然已經做到了這一點，就必須邁向下一步。接下來我要幫助有困難的人，狼饅頭的力量無法做到這一點。接下來，我要靠自己的力量變得很強大。」

「我……想當人，我想當一個很強大的人。所以我不需要狼饅頭的力量。」

當他小聲說這句話時，一道閃著銀白色光的影子離開了他的身體。奔向月亮的那個影子形狀像是一頭巨大的狼。

富永洋介。十一歲的男孩。平成二十五年的一元硬幣。

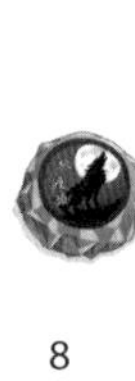



---

註：平成為日本明仁天皇使用年號，平成二十五年為西元二〇一三年。

# 3 睡眠撲滿和睡不著仙貝

健司揉著眼睛。

好想睡。眼皮重得像石頭一樣，腦袋也昏沉沉，他可能隨時會倒在桌上昏睡過去。

「可惡！振作點！」

他雙手用力拍著臉頰，繼續看著電腦螢幕。他必須在今天之內完成這個網頁的設計工作才行。

但是，螢幕上的文字和數字在他面前晃動了起來。

「想睡覺。好想睡啊。但是，如果現在倒頭睡覺，一定會挨老闆的罵：『怎麼還沒完成！』」

健司是個網頁設計師，他的工作就是為公司、電視節目、藝人等各種顧客設計網站，顧客們往往希望在網站上設計很多花樣。

「我希望有流星飛過去。我要有可愛的卡通人物。我要網站的設計很有吸引力，而且可以清楚看到內容……」真希望這些客人饒了自己，健司總是這麼想著。

這家公司的老闆根本就是個「慣老闆」。這一陣子又特別忙，健司幾乎每天都住在公司熬夜加班。其他同事都想方設法完成工作回家，為什麼自己的工作卻老是做不完？

不對，還有另一個同事也和自己一樣。

健司瞥了一眼身旁的辦公桌。紀子正在專心打電腦。

比健司小三歲的紀子每天留在公司加班的次數和健司差不多。

她之前好像說過：「我住得離車站有點遠，太晚回家有點危險，還不如留在公司加班，天快亮時再回家比較好。」

「話說回來，她體力真好……」

健司茫然的想著。照理說，紀子和自己一樣睡眠不足，但她臉上完全沒有疲憊的樣子，也沒有黑眼圈，看起來也是一付完全不想睡覺的樣子。

健司忍不住偷偷觀察她，他發現紀子從口袋裡拿出一個扁平的東西。

那是一枚金幣，金幣發出漂亮的金色光芒。紀子拿著金幣把玩了一下，然後撕開金黃色的表面，裡面出現了一個帶著光澤的深棕色東西。

「原來不是真的金幣，而是金幣巧克力啊。」不過健司從來沒有看過那樣的巧克力，感覺好像很好吃的樣子。

健司也想嘗嘗看，所以他問紀子：

「可以給我一個嗎？」

「啊？」

紀子驚訝的看著他，然後慌忙的從抽屜裡拿出一大塊巧克力。

「對不起，剛才的巧克力只有一塊，這種也可以嗎？」

健司很想吃她剛剛吃的那種金幣巧克力，但既然紀子說已經沒有了，那也沒辦法。

「謝謝。」

健司接過巧克力，慢慢放進嘴裡。巧克力的甜味滲入疲憊的身體裡。

當健司總算完成工作，一看手錶，已經凌晨四點了。

「現在回家，扣掉路程，只能睡兩個小時左右，但如果睡在公司走廊上那張硬梆梆的沙發上，就可以睡四個小時。」

所以健司毫不猶豫的選擇了沙發。

當他搖搖晃晃站起來時，在一旁的紀子精神抖擻的對他說：

「啊，前輩，你辛苦了！」

「紀子，你真有活力啊。你不想睡覺嗎？還是你喝了什麼提神飲料嗎？」

「不，我只有吃巧克力而已。」

「只吃巧克力就這麼有活力嗎？真好，我也希望可以有像你一樣的好體力，我最近喝咖啡也完全沒效了。」

健司的臉看起來像殭屍，紀子皺著眉頭，十分擔心他。

「前輩，你最好別太累了，我覺得你要多休息，好好睡覺。」

「這句話應該由我對你說吧？你比我睡得更少。」

「因為……我比較特別。」

「是喔？怎麼特別？」

健司打著呵欠，其實他很想結束談話，趕快去睡覺，因為他的疲憊已經達到顛峰，頭也開始痛了起來。

紀子猶豫了一下說：「這件事，請你不要告訴任何人。」然後小聲的告訴他一件很奇妙的事。

週末時，健司特地早起，前往紀子告訴他的地方。那裡有很多房子，昏暗的小巷就像迷宮一樣錯綜複雜。

「應該就在這一帶。」

健司走進小巷，仔細尋找起來。一路尋找時，腦海中回想著紀子告訴他的事。

「其實，我有一個『睡眠撲滿』。」紀子說。

「『睡眠撲滿』？那是什麼？」

「就是像它的名稱一樣，可以把自己多餘的睡眠時間存起來的撲滿。外表看起來只是一個長方形的時鐘，而且它上面有時鐘的時針，可以用時針設定一天需要的睡眠時間。

譬如，設定必要的睡眠時間是「七小時」，如果睡了超過七小時，多餘的時間就會自動存進睡眠撲滿。

「如果在電車上睡著了，或是睡了午覺三十分鐘，都可以慢慢存進去。我假日的時候幾乎都會睡一整天，所以可以一口氣存很多睡眠。」

「怎麼會有這麼荒唐的事……」

「雖然你可能不相信，但我沒騙你。存滿一個小時，撲滿就會製作成金幣巧克力。只要吃那塊巧克力，就等於睡了一個小時。」

「啊，就是剛才的巧克力。」

「對，剛才的巧克力就是睡眠撲滿的巧克力。因為可以吃了就可以補充之前存的睡眠，所以我比別人更能夠熬夜。」

紀子說的這些事簡直就像童話一樣，自己真是有問題，竟然會相信這些話。

但是，健司又轉念一想，如果真的有這麼神奇的撲滿，自己也想要一個，所以他忍不住問紀子：

「你是在哪裡買的？」

「一家柑仔店。那家店有點奇怪，店裡的其他零食也都與眾不同，我記得……嗯，好像是叫『錢天堂』。」

健司詳細問了那家店的地點之後，終於等到今天放假，決定去找那家柑仔店。

「一定要找到那家柑仔店，然後買到睡眠撲滿。」

然而他找了半天，都沒有看到像是那家店的柑仔店。他走累了，睡眠不足的身體開始發出抗議。

「難道被紀子騙了嗎？難得放假，早知道應該在家裡好好補眠。」

他失望的垂下肩膀時，有人輕輕戳他的腰。

回頭一看，有一個少女站在那裡。她穿了一件彼岸花圖案的黑色和服，她穿著木屐。剪成妹妹頭的頭髮是帶有光澤的深藍色，更加襯托出她白皙的肌膚，簡直就像是遊戲中的角色。

雖然那個少女長得很可愛，但健司卻覺得心裡有點發毛。因為她看起來不像是普通的少女，健司腦海中浮現了「不祥」這兩個字，差一點想逃走。

他正在猶豫該怎麼辦，少女用沙啞的聲音對他說：

「哥哥，你在找什麼東西嗎？」

「啊，啊啊……我想找一家店，小妹妹，你該不會知道一家名叫『錢天堂』的柑仔店吧？」

「哼。」少女冷笑一聲，「我雖然知道，但我想你今天應該找不到它。因為你已經找了半天，都還沒有找到，不是嗎？」

「你在說什麼？」

「你就忘了錢天堂吧。來我的店裡，我店裡也有賣你想要的東西。」

少女嗲聲輕輕的說完後，就拉著健司的手往前走。健司覺得像是被一股很大的力量拉過去。

不一會兒，健司發現自己來到一家看起來很傳統的店家。門口深藍色的布簾上用白色的字寫著「倒霉堂」三個字。

健司被帶進店內，少女叫他坐在店裡唯一的一張椅子上。

「你想要什麼？」

少女走進吧檯內問他。

「呃……我想要可以讓我不睡覺的東西。因為一旦想睡覺，工作就做不完了。」

「原來是這樣，我有一樣東西超適合你。」

少女露齒一笑，把一個紅色漆盤放在吧檯上。托盤上有一塊像健司的臉那麼大的仙貝。

這塊仙貝看起來太奇怪了。漆黑的仙貝上，有許許多多睜大的眼睛。健司從來沒有看過這麼可怕的仙貝。

不過，他一看到那塊仙貝，就很想要吃。

少女又小聲對他說：

「這是倒霉堂特製的『睡不著仙貝』，只要吃了這塊仙貝，就絕對不會想睡覺。除了不想睡覺的效用外，即使你很久不睡覺，也不會影響身體健康，你可以隨心所欲使用一天二十四小時，完全不必擔心健康的問題。怎麼樣？你想不想要？」

「想，我想要這個。請問多少錢？」

「這裡的代價都是後收，而且睡不著仙貝的代價很特別。平時都是蒐集『惡意』，但這個仙貝的代價是『後悔』……嗯，反正你想要的話就給你。來，趕快吃吧。」

聽到少女說可以吃，健司立刻拿起仙貝。他雙手用力抓著仙貝，嘎滋嘎滋吃了起來。

雖然睡不著仙貝看起來很可怕，但味道很好。濃濃的醬油味中有淡淡的七味辣椒粉的味道，妙不可言。雖然在吞下去的時候，喉嚨感覺到被用力抓了一下的不舒服感覺，但健司決定不去想這件事。

當健司把仙貝吃完後，少女點了點頭。

「很好，這樣就行了。睡不著仙貝的效果應該很快就會出現，你可以盡情享受睡不著的時間。好了，你可以走了，快離開吧。」

健司被趕出那家店後，少女笑了起來。她笑起來的樣子讓人不寒而慄。

「睡不著仙貝的代價是後悔，這個點心很特別，比起惡意，往往可以收到客人自己滿滿的後悔。呵呵呵，不知道他多久之後會後悔呢？我什麼時候可以去收呢？真讓人期待啊。」

少女繼續發出可怕的沙啞笑聲。

健司一走出倒霉堂，就感到渾身充滿活力，難以想像前一刻還昏昏欲睡。他的腦袋很清晰，身體也很輕盈。健司發現睡不著仙貝已經發揮了作用，興奮得想要跳起來。

這一天，他完全沒有睡覺，做了許多想做的事。洗完堆積了很久的衣服，整理了家裡，還擦了地板。

而且他還難得有空下廚。煮了白飯和味噌湯，又做了甜甜的煎蛋、可樂餅、芝麻涼拌菠菜。健司深深體會到，能吃自己下廚做的飯菜原來是多麼幸福的一件事。

之後，他又去租借了很多之前想看的電影和電視劇的DVD，看了一整晚。

即使一整天完全沒睡，他也一點都不想睡，也不覺得懶洋洋的或頭痛。他感到神清氣爽，好像睡了一個好覺一樣。「完全不需要睡眠」這件事讓他高興得不得了。

「不需要花時間在睡眠上真是太棒了，這樣就可以有更多時間工作，一定可以比其他同事更快完成工作。」

健司簡直樂翻了。

接下來的日子，健司的確都非常順利。他完成了一件又一件工作，可以輕鬆的連續熬夜好幾天，其他同事看了都目瞪口呆。

只有紀子一點都不驚訝。

幾天後，紀子悄悄問健司：

「前輩，你是不是買到睡眠撲滿了？」

「不，我沒找到你說的那家店。」

「啊？那……」

「但我在其他店買到了其他東西，那個東西實在太棒了，完全不會想睡覺，而且不睡覺也完全沒問題。」

「是嗎？那真是太好了，像我如果不補眠，就沒辦法『儲存睡眠』了。」

「我下次再去，也幫你買一個。」

但是，之後健司又接到了更多工作，完全忘了和紀子的約定。

工作、工作、工作。

熬夜、熬夜、熬夜。

其他同事都叫苦連天，就連紀子也看起來很痛苦，只有健司一個人活力充沛。

「接下來是我大顯身手的時代了！我要成為這家公司的支柱！」

健司得意的想著。

但是，忙碌的工作突然結束了。因為那家公司忽然倒閉，所有員工都被解僱了，大家各奔東西。

雖然公司倒閉讓健司深受打擊，但他決定正向思考。

「我之前存了一些錢，而且之前一直沒有休息，最近剛好可以放鬆一下。」

但是事情並沒有他想像的那麼順利。因為健司完全不需要睡覺，所以一天有二十四小時可以運用。不過，每天放鬆二十四小時未免太久了。

家事通常在白天就做完了，看電視也很快就膩了。健司不想看書，即使出去玩，也覺得不怎麼好玩。他很快就不知道該怎麼打發時間。

健司第一次了解到，原來晚上不睡覺需要充分的活動安排。

健司急忙想找新工作，卻遲遲無法如願。晚上不睡覺這件事漸漸成為他的痛苦。想睡覺是一種痛苦，沒想到睡不著也是一種痛苦。

時間和黑暗，以及無聲的寂靜漸漸向他逼近。他感到呼吸困難，不想留在家裡。

健司開始每天晚上都出門。他在漆黑的公園內盪鞦韆，或是在二十四小時營業的餐廳打發時間，有時候去便利商店看漫畫。

他無事可做，卻又睡不著，這件事漸漸侵蝕了他的心。

有一天晚上，他的情緒突然失控。

「晚上來了，晚上來追我了。我必須去找太陽。」

健司跑了起來，想要去找太陽。然後衝到馬路上，被送報的機車撞倒在地。

當他醒過來時，發現自己躺在醫院的病床上。坐在病床旁的紀子一臉快哭出來的表情。

「紀子……」

「太好了，你終於醒了。我在新聞中看到你出了車禍……你怎麼了？為什麼半夜在路上奔跑？」

健司把發生的一切都告訴了紀子。

「我真是太傻了，竟然覺得睡不著是好事……早知道我不應該吃那種仙貝。」

健司深深嘆氣時，突然感到背脊發冷，他感受到一股異樣的眼光，耳邊似乎聽到有人小聲的說：「時機成熟了，差不多了。」

健司心神不寧的四處張望，而紀子目不轉睛的看著他，然後好像下定決心似的從口袋裡拿出一塊金幣巧克力說：

「你吃這個。」

「呃，這個……」

「對，就是我的睡眠巧克力。請你吃。」

「不，但是我現在完全睡不著，現在吃睡眠巧克力也……」

「沒關係！請你趕快吃！」

紀子強烈的語氣說著。

健司有點驚訝，但還是把巧克力放進嘴裡。巧克力很甜，而且

外科
吉田健司
月 日

味道很柔順又好吃。

紀子的肩膀突然放鬆了。

「好，現在我也和你一樣了。」

「啊？你在說什麼？」

「睡眠撲滿的注意事項中寫著，自己儲存的睡眠不能給別人，否則就會睡不著。」

健司臉色鐵青。所以，紀子……

「紀子，你為什麼要做這種傻事！」

「沒關係，反正我原本就不喜歡睡覺！」

「不，這是因為你不了解完全睡不著的痛苦！啊，為什麼？我要去找方法，至少希望可以讓你恢復原狀！」

健司想要下床，紀子按住他說：「你現在還不能動！」然後呵呵笑了起來。

「前輩，你果然很善良。我之前就很喜歡你這一點。」

「啊？」

「你難道沒有發現，我是為了和你待在一起，所以故意才留下來加班嗎？」

「啊？」

健司目瞪口呆，紀子笑著對他說：

「只要我們在一起，就不會覺得夜晚很漫長了。在找到可以讓我們睡著的方法之前，我們一起熬夜吧。」

健司看著紀子的笑容，覺得自己內心的後悔消除得無影無蹤了。

這時，他聽到一陣不知道從哪裡傳來懊惱的嘖嘖聲，但他已經不在意這種事。

「我們兩個人一起熬夜。」

只要有這句話和紀子的笑容就足夠了。

笹井紀子。二十五歲的女人。昭和五十五年的五元硬幣。購買了「睡眠撲滿」，但為了幫助吃了倒霉堂「睡不著仙貝」的吉田健司，故意違反了注意事項。

# 4 哥布林巧克力出奇蛋

「真希望有一個聽話的管家。」

放學後，真美走在回家的路上這麼想。

真美今年七歲，剛讀小學一年級，但生活很忙碌，除了要交新朋友，還要寫功課。

雖然已經告訴媽媽自己很忙。但是媽媽還是整天囉哩囉嗦，一下子叫她整理房間，一下子又叫她陪弟弟玩。唉，真是煩死了，真

希望有一個管家，這樣的話，就可以叫管家做所有麻煩的事。今天放學回家後，媽媽也一定會叫自己做很多事。唉，真不想回家。真美嘟著嘴，盡可能放慢腳步。她的心情很沉重，越想越垂頭喪氣。

不知道是不是因為這樣，她在不知不覺中走錯了路，走進一條昏暗的小巷內。

「哇！慘了！」

今天學校的老師還再三叮嚀，放學後絕對不能去別的地方。真美急忙想要走出去，但發現小巷深處有一家小柑仔店。那家店看起來很老舊，招牌上寫了真美不認得的國字，店裡有各式各樣的零食。

那家柑仔店在呼喚真美，彷彿在告訴她：「過來這裡。」

即使真美站在離柑仔店遠一點的地方，也可以發現放在店門口的那些零食在發光。

真美立刻被吸引過去，衝到柑仔店前。這些零食看起來都好棒，每一種她都沒有見過。真美的心跳加速，感覺呼吸也有點困難。

我想要這個，還想要那個。但是……不知道為什麼，她沒辦法拿起那些零食。雖然每樣零食看起來都很迷人，她全都想要，不過想要伸手拿時，卻覺得「這不是我想要的」。

當真美感到納悶時，後面慢慢出現一個高大的影子。那個影子漸漸變成一個高大、穿著和服的阿姨，她的一頭白髮上插了很多髮簪，張開鮮紅色的嘴脣笑了起來。

「歡迎光臨，你是今天的幸運客人。」

老闆娘甜美的聲音讓真美非常驚訝。

「客人？對喔，我是客人，我可以買這裡的零食。」

她突然明白眼前的狀況後，對著老闆娘深深鞠了一個躬。

老闆娘又對她說：

「錢天堂最引以為傲的，就是這裡的商品很豐富，也有很多新產品。你可以慢慢看，如果你不介意，我也可以協助你找想要的東西。請問你想要找什麼？」

老闆娘的聲音很甜美，深深打動了真美的心。

真美忍不住陶醉起來：

「我想要的東西、我真正想要的東西……我想要……一個管家。」

「喔，這樣啊。」

老闆娘低頭看著真美。

「錢天堂的原則，就是滿足客人的願望，但是，你年紀這麼小，不能讓你從小養成懶惰的習慣。嗯……所以那個零食應該很適合。」

老闆娘說完，從貨架上拿了一個零食遞給真美。真美覺得自己快無法呼吸了。

老闆娘手上有一個很大的蛋，用綠色和黑色條紋的鋁箔紙包了起來，閃閃發著光。

真美知道，那個蛋一直在等待自己出現。這個蛋是專屬於自己的零食。

真美太感動了，幾乎愣在原地無法動彈。老闆娘對她說：

「這是『哥布林巧克力出奇蛋』，裡面有個管家哥布林的公仔。怎麼樣？這個賣五十元。」

「我要買！」

「雖然學校的老師叮嚀過，不能隨便在外面買東西吃，但這次例外。因為這個哥布林巧克力出奇蛋是專屬於我的零食，不管怎麼樣，我都要買這個！」

她在心裡為自己辯解著，從錢包裡拿出五十元。

老闆娘眉開眼笑的說：

「沒錯沒錯，這是今天的寶物，平成十二年的五十元，那麼，這個出奇蛋就是你的了。」

真美用顫抖的手接過哥布林巧克力出奇蛋。我得到它了！我得到了想要的東西！啊，真是太棒了！

真美樂翻了，但老闆娘小聲對她說：

「這個哥布林做事喜歡拐彎抹角，他不是一個坦蕩蕩的管家，但做事絕對一把罩，所以不要對他感到不耐煩，只要能妥善運用他，就可以滿足你所有的心願。不過，但要記住，一定要先付報酬給他，而且絕對不能小氣。」

「報酬？」

福
猫

興奮的真美聽到這句話嚇了一跳，抬起頭。她覺得這句話似乎很重要，也許應該問清楚。

沒想到，那個老闆娘不見了。柑仔店和那些迷人的零食也都消失不見了，簡直就像是一場夢或者是幻覺。

但是哥布林巧克力出奇蛋還在真美的手裡。

真美小心翼翼的捧著出奇蛋，一路上滿臉笑容的跑回家。

一踏進家門，正在哄弟弟弘毅的媽媽立刻對她說：

「回來了啊，如果有功課就趕快在吃點心前寫完，啊，今天你一定要把壁櫥裡那些東西整理一下，還有……」

媽媽好像機關槍在掃射般，一口氣「射出」很多命令，但真美只說了一聲：「我晚一點會整理！」，她就衝進自己的房間了。她現在不想被任何人打擾。

她丟下書包，把哥布林巧克力出奇蛋輕輕放在桌上。她越看越覺得它實在是太棒了，綠色和黑色的鋁箔紙簡直就像龍的鱗片般閃著光，有一種難以形容的魅力。

真美再度拿起出奇蛋，她覺得它比剛才更重了，而且搖晃時，裡面發出喀答喀答的聲音，好像有什麼東西。

真美緊張且小心翼翼的剝開出奇蛋，以免把鋁箔紙撕破了。因為那張紙很漂亮，她想保留下來。

終於完全折開鋁箔紙後，出現了一個看起來很好吃的巧克力蛋。真美咬了一小口巧克力出奇蛋的頂端。

巧克力很好吃，是真美以前從來沒嘗過的滋味，甜又帶有一點刺激風味的巧克力，比之前爺爺寄來的高級巧克力更好吃。

她咬了一口又一口。

巧克力蛋上突然出現了一個洞，原來裡面是中空的。她往洞內看，看到裡面有一個綠色塑膠蛋。

真美急忙把塑膠蛋拿了出來，打開一看，裡面有一張折疊的紙片，還有一個小公仔。

真美拿起公仔仔細打量。

那是一個綠色皮膚的男生公仔，差不多像真美爸爸的大拇指那麼大，身上穿著黑色背心和黑色短褲，蓬鬆的黑髮上戴了一頂和他身高差不多的紅色大帽子。

雖然不能說不可愛，但這個公仔看起來好像有點心術不正，尤其是尖尖的耳朵和一雙眼尾上揚的金色眼睛，看起來特別凶。

公仔做得很逼真，好像隨時會動起來或是隨時會開口說話。也許是因為公仔抱著雙臂看著真美，所以更有這種感覺。

「但是我該怎麼做呢？」

如果只是擺在那裡，應該無法幫真美做事。她想起塑膠蛋裡除了公仔以外，還有一張紙。也許那張紙上寫了什麼資訊。

真美把公仔放在桌子上，打開了那張紙。紙上用小字寫了以下的內容：

為沒有時間、忙於工作的人準備的「哥布林巧克力出奇蛋」。身為主人，你可以請管家哥布林幫忙處理繁瑣的雜務，完成一些小心願！但是，哥布林有點任性，如果不是真心拜託他，他就會用迂迴的方式實現主人的心願！另外，必須支付報酬給他，請用主人的東西好好犒賞管家的辛苦吧。

注意：雖然任何東西都無妨，但千萬不能小氣。在請管家幫忙之前先付報酬，效果更理想！

「是喔。」真美忍不住發出叫聲，「原來剛才那個老闆娘說的報酬是這個意思，所以就是要付他薪水的意思嗎？」

真美以為管家就是要為主人奉獻，所以無法想像要支付報酬這件事，但這也是無可奈何的事。無論如何，先試試看吧。

真美打開書桌的抽屜，尋找可以給哥布林公仔的東西。

嗯，好像應該挑選小尺寸的東西比較好。那就把最近爸爸買的動物園橡皮擦給他當報酬吧？可是獅子、大象和企鵝這些動物形狀的小橡皮擦都很可愛，真美很喜歡。

「不不不，自己都捨不得用，不能給他。算了，那就這個吧。」

真美從抽屜後面拿出了一個裝軟糖的袋子。她偷偷藏了一包軟糖，這樣想吃糖時，就可以偷吃了。

她從袋子裡拿了一顆葡萄口味的軟糖放在哥布林面前，自己也吃了一顆。這時，她突然想到一件事——要拜託他做什麼呢？

這時，真美聽到媽媽的叫聲。

「真美！你可不可以幫媽媽照顧一下弘毅？媽媽要去買菜。」

又來了，真美感到很厭煩。

兩歲的弘毅只要稍不順心，就會哇哇大哭一整天。如果只是愛生氣，或只是愛哭也就罷了，但他是個喜歡生氣的愛哭鬼。媽媽也很奇怪，如果要去買菜，為什麼不帶弘毅一起去呢？

但是，如果自己拒絕的話，就會被媽媽罵，所以只好回答：

「好，我馬上就去。」

這時，她突然想到了哥布林。

這是測試哥布林巧克力出奇蛋效果的絕佳機會。只要請哥布林公仔幫忙照顧弘毅就好。

真美轉頭看向後方，對哥布林公仔說：

「我給你軟糖，拜託你在媽媽回家之前，代替我去照顧弘毅，拜託你了。」

接著，立刻發生了奇怪的事。她覺得公仔好像眨了眨眼睛，似乎在回答她：「我知道了。」

真美盯著公仔，以為他還會再眨眼。這時，又聽到媽媽的叫聲。

「真美！還沒下樓嗎？」

「啊喲！我說馬上就過去了嘛！」真美很不甘願的走出房間，把緊緊抱著媽媽的弘毅從媽媽身上拉下來。

「不要不要！」弘毅生氣的揮舞著手，他的手亂甩時打到了真美的下巴。真美差一點火冒三丈。可惡！很痛耶！

「對不起，媽媽馬上就回來，你要和姊姊乖乖在家。真美，那就拜託你了！」

媽媽像風一樣衝出了家門。

媽媽一離開，真美就把弘毅放在地上。弘毅因為媽媽沒有帶他出門深受打擊，直接倒在地上放聲大哭起來。

「你不要亂走喔。」

「不要不要！哇啊啊啊——」

真美不理會放聲大哭的弘毅，走回二樓自己的房間。一走進房間，立刻瞪大了眼睛。因為剛才放在桌上的哥布林公仔不見了。放在公仔前的軟糖也不見了。

真美慌忙在桌子下和一整排書的縫隙中尋找，仍然找不到公仔。

「有人拿走了嗎？不，不可能。媽媽沒有上來二樓，就直接出門了，弘毅也一直在樓下哭。」

難道有人從窗戶進來，把公仔拿走了？不過這也不可能，因為她也檢查了窗戶，確認窗戶鎖住了。

「該不會是那個公仔自己跑出去了？他真的是有生命的嗎？」

正當她覺得心裡發毛時，發現聽不到樓下弘毅的哭聲。剛才還一直聽到他刺耳的哭聲，現在完全聽不到了。

真美悄悄的走出房間，站在樓梯口往下看。

樓下果然很安靜。弘毅那傢伙該不會出門去找媽媽了吧？

正當她緊張得臉色發白時，聽到了聲音。那是弘毅的笑聲。

太好了，他還在家裡。

真美鬆了一口氣，但她覺得很納悶。弘毅只有在心情很好的時候，才會發出這樣的笑聲，而且他很怕孤單，一個人獨處的時候絕對不可能有好心情。

真美立刻想到，應該是有人在照顧弘毅，一定是那個綠色小公仔在哄弘毅。

真美想去看看，但又覺得如果現在就下樓會毀了一切。於是她決定克制自己的好奇心。

「反正只要弘毅不吵不鬧就沒問題。」

這麼一來，她就可以盡情做自己想做的事。真美回到自己的房間，開始畫最愛的著色畫。啊，在安靜的家裡慢慢畫著色畫真是太棒了！

正當真美沉浸在畫畫的世界時，突然聽到了一聲尖叫聲。那是媽媽的聲音！

真美立刻站了起來，跑向一樓，愣在一旁。

媽媽臉色鐵青的站在一樓客廳的角落。順著媽媽的視線看過去，真美發現弘毅正靠在一隻大狗身上睡得很香甜。

那是鄰居家的狗皮可。那隻狗不太和人親近，為什麼會陪在弘毅身旁呢？剛剛該不會是皮可一直在照顧弘毅吧？

「去！去！走開！」媽媽鼓起勇氣想要趕走皮可，但皮可不為所動，直到看到真美的臉，牠才轉頭從敞開的落地窗走了出去。

媽媽慌忙的抱起弘毅，檢查他身上有沒有受傷。真美正打算走過去弟弟身旁，突然倒吸了一口氣。

因為她似乎看到有一張綠色的臉躲在沙發後面偷笑，但一眨眼的工夫就不見了。

真美慌忙想要走去沙發，卻無法如願。因為媽媽轉頭看她，一臉凶惡的模樣問：

「這是怎麼回事？不是叫你照顧弟弟嗎？」

「呃……因為……」

真美一時想不到好藉口。

不用說，真美當然被媽媽痛罵了一頓。

真美精疲力竭的回到自己的房間時，發現那個哥布林公仔出現在書桌上，一臉得意和心滿意足的表情。

真美注視著哥布林。他的確做到了自己拜託他的事——在媽媽回來之前，自己不需要照顧弘毅。但最後真美還是被媽媽痛罵了一頓，根本失去拜託他幫忙的意義。到底為什麼會這樣？

她突然想起柑仔店老闆娘的話——「支付報酬不能小氣。」

「我才沒有小氣，我給他吃了軟糖。」

真美忍不住想要這麼說，但她突然想到，原本打算給他橡皮擦，但最後卻給了軟糖。難道不是覺得給他軟糖比較不會捨不得嗎？這是不是就是「小氣」呢？

「這次搞砸了……是我的錯嗎？」

難道哥布林真的敏感的察覺到真美的想法，所以他才用這種整人的方式完成真美的願望嗎？如果是這樣，只要下次大手筆的送他橡皮擦，或許就可以完美無缺了。

真美決心繼續使用哥布林公仔看看，也許可以掌握訣竅，順利使喚他幫忙自己做事。

兩個星期過去了。

真美有點悶悶不樂。她覺得哥布林公仔有點麻煩。

她試了各種方法，已經大概了解哥布林公仔的使用方法——哥布林想要的是真美真心覺得最重要的東西，和貴不貴完全沒有關係。譬如，真美很想吃的一百元布丁比媽媽送她的手帕更有效果。

「必須送自己最重要的東西」這件事讓真美感到痛苦，每次拜託哥布林幫忙時，她都覺得：「啊啊，好捨不得，太浪費了。」而且，只要真美一有「這個太可惜了，換那個好了」的念頭就完蛋了。哥布林一定會用讓真美想哭的方式完成她拜託的事。

像是真美捨不得送哥布林自己用黏土做的人偶，所以拿了同學送她的手機吊飾作為報酬，結果真是慘不忍睹。因為真美拜託他：「希望星期天爸爸可以帶我們去玩。」當天爸爸的確帶一家人出門去玩……

但是，爸爸竟然走錯路，一路開到塞車最嚴重的高速公路上。而且連續塞車四個小時，真美必須一直忍著不能上廁所，差點因此

尿在褲子上。

雖然很少遇到這麼慘的情況，但完全無法想像委託之後會發生什麼事，這讓真美覺得疲累。雖然她知道只要支付報酬時不小氣，就不會有壞結果，但她不想提心吊膽的思考下一次會發生什麼事。

與其這樣，還不如自己去做事還比較輕鬆。

所以，這一陣子她很少拜託哥布林，甚至不想看到哥布林。

「要不要乾脆丟掉哥布林呢？」但她又擔心一旦這麼做，會遭到報復，這是另一件令她感到害怕的事。

「到底該怎麼辦呢？」

真美悶悶不樂的為這個問題煩惱時，媽媽突然走進她的房間，真美慌忙把哥布林公仔塞進自己的口袋。

「什、什麼事？」

「媽媽想請你幫忙送東西給隔壁的奶奶，可以嗎？我想送給她一些滷菜，你順便去看看她最近過得好不好。」

「喔……好啊。」

真美點點頭，把媽媽手上裝滷菜的碗接了過來。

隔壁的奶奶一個人住，不知道是否因為這個原因，她很疼愛真美和弘毅。

真美也很喜歡這個奶奶。因為她總是穿得乾乾淨淨，頭髮也梳得很整齊，是一個很會打扮的奶奶。奶奶之前的身體很硬朗，經常忙裡忙外做家事。

「但是……」

真美用力咬著嘴脣。

半年前，奶奶摔斷了腿，所以住院很長一段時間。奶奶終於出院回到家後，卻彷彿變了一個人，她的身體變得很虛弱。因為骨折受傷的關係，無法像以前那樣自由活動，所以也就沒辦法打掃。家裡和院子都變得很亂，奶奶的生活也變得很邋遢。

真美看到奶奶體力越來越差，越來越沒精神，真美也覺得很難過，但她無法為奶奶做什麼，這也變成另一種痛苦。所以只能像現在這樣，幫媽媽跑腿，送東西給奶奶。

真美走到奶奶家門前。

「奶奶，午安！你在家嗎？」

真美在門外問道，屋內傳來奶奶的聲音。

「真美嗎？門沒有鎖，你進來吧。」

奶奶的聲音聽起來很無力。

真美打開門，走了進去。

奶奶的家裡很亂，堆滿了垃圾，發出有點像酸味，又好像發霉的奇怪味道。有別於之前奶奶家裡總是一塵不染，也會插著發出宜人香氣的花，現在生活在這種環境，她一定很痛苦。

真美覺得心好像被揪緊了。

「奶奶？我來送點吃的東西給你。」

「對不起，我沒辦法站起來，只能躺在這裡，你進來吧。」

「打擾了。」

真美走去裡面，奶奶躺在裡面的和室，一臉憔悴，棉被周圍堆滿了垃圾。

奶奶一臉害羞的注視著真美說：

「不好意思，讓你看到我這麼髒亂的樣子。」

「奶奶，你怎麼了？」

「因為腳痛，從昨天開始就沒辦法下床，不過，不用擔心，明天應該就可以下床了。」

「那……吃飯呢？你一直沒吃飯嗎？」

「別擔心，我把食物放在旁邊，所以沒有餓到肚子。」

奶奶的棉被旁的確放著一些凌亂的罐頭和零食袋子，真美感到自己的心再度被揪緊了。

「真美，你最近好嗎？學校開心嗎？」

「嗯，很開心。明天開始就是黃金週假期了，我們全家要一起去旅行。我很期待呢。」

「是喔，那真是太棒了。你說送吃的東西過來，是什麼呢？」

「是這個，媽媽滷的筍子。」

「啊喲，真是太開心了，我已經好久沒吃到好好煮的菜了。」

奶奶真的笑得很開心。

「那要不要現在吃一些呢？」

「好啊！真美，不好意思，可不可以先幫我把滷筍子供奉在佛壇前？」

旁邊有一個小佛壇，真美把裝了滷菜的碗放在佛壇前，奶奶躺在棉被裡合起雙手。

「奶奶，你每次有什麼好東西，都會先供在佛壇前。」

「那當然啊，因為我重要的人的靈魂都在那裡看著我，不管是什麼，都要先和他們分享。」

就在這時候，真美想到一個好主意。

隔天就是黃金週假期了，真美和家人一起去旅行。旅行雖然很開心，但真美一直惦記著隔壁的奶奶，經常有點心不在焉。

「不知道奶奶現在正在做什麼。」真美在旅途中不斷的想著。

三天的旅行結束了，第四天，真美一家人回到家裡。

一回到家，真美立刻去了隔壁奶奶家。

「咦？」

奶奶家的院子變乾淨了，難以想像四天前還長滿野草的樣子。

是奶奶清理的嗎？該不會……？

真美緊張的叫了一聲：

「奶奶，你在家嗎？我是真美！」

「啊，是真美啊，快進來。」

屋內響起奶奶的聲音，聽起來很有精神。

真美立刻衝進去。

家裡窗明几淨，之前散亂的東西和紙箱都整理好了，整個房間都很乾淨整齊。

奶奶拄著拐杖從裡面走出來。她的頭髮梳理得很整齊，穿著一件水藍色的洋裝，還戴了一對小耳環，臉上的表情很開朗、幸福。

真美覺得奶奶又恢復了以前的樣子。

「真美，你回來了。旅行好玩嗎？」

「很開心。奶奶，發生什麼事了？這是怎麼一回事？」

奶奶呵呵笑了起來。

「我想應該是有座敷童子精靈在我家。」

「座敷童子精靈？」

「他是一個幸運的精靈，只要這個精靈在，就會發生很多幸運的事。」

奶奶再度開心的笑了起來。

「說起來這幾天真的太神奇了，發生了很多意想不到的事。一開始有社區的義工來拜訪，為我介紹居家服務的人。而且還告訴我只要去區公所申請，政府會提供很多協助。那些居家服務的人幫我把家裡打掃得乾乾淨淨。剛好其中有一個人也在髮廊工作，他還幫我梳了頭呢。」

奶奶說還有其他幸運的事。

前幾天，奶奶收到了一個大包裹。打開一看，是三個月分量的即食粥調理包和酸梅禮盒。原來是奶奶在受傷之前，心血來潮參加了抽獎，結果中了三等獎。剛好奶奶最近不方便下廚，而且她很愛吃粥和酸梅，所以很慶幸抽中了這些獎品。

接著，奶奶又看到新聞報導說，正在用的洗衣機是瑕疵品，於是打電話向廠商詢問，廠商為她更換了一臺最新型的洗衣機。這臺全自動洗衣機還有烘乾的功能，洗好的衣服不需要晾，而且洗完的衣服也不容易皺，這為身體不方便的奶奶解決了洗衣服問題，她也鬆了一口氣。

後來，有一隻大狗闖進了院子，在院子裡撒尿。飼主慌忙趕到，還帶了高級點心登門道歉。正巧奶奶想吃甜食，不過，她對這樣的巧合感到既高興，又驚訝。

「總之，不管我想什麼，都可以心想事成。昨天我在想，真討厭院子這麼髒亂，沒想到一個年輕人上門，說他是園藝學徒，想要免費幫我整理院子作為練習。我說沒問題，所以他就幫我把庭院整理得一乾二淨。」

「哇……好棒喔。奶奶，這真是太好了。」

真美發自內心這麼說。

奶奶突然露出嚴肅的表情，看著真美說：

「自從那天你送吃的東西給我之後，就一直有好事發生。真美，你該不會知道是什麼原因？」

真美靜靜的看著奶奶。

幾天前，她來這裡送滷菜時，從口袋裡拿出哥布林公仔，把他藏到佛壇深處。

把哥布林公仔送走需要很大的勇氣。雖然真美之前曾想過要丟掉他，但真的送走公仔，還是覺得有點捨不得。

但是，真美告訴自己，這是個正確的決定。

「比起自己，奶奶更需要哥布林，而且奶奶從不吝於分享，應該有辦法控制個性彆扭的哥布林。希望一切都可以非常順利。」

真美那天走出奶奶家時，發自內心的這麼希望。

如今，奶奶看起來真的很幸福。她一定不知道哥布林公仔的事，才會遇到這麼多幸運的事。奶奶只是把好東西供在佛壇前祈禱「希望今天也好好保佑我。」，而不是要求哥布林「我想要什麼……」。

正因為這樣，一切才會這麼順利。真美不願意告訴奶奶這一切的原因，也覺得自己絕對不可以破壞這一切。

所以，真美笑著對奶奶說：「不，我什麼都不知道！」

吉田真美。七歲的少女。平成十二年的五十元硬幣。

# 5 蛀牙霰果

誠一獨自在昏暗的小巷內打轉。

「真是奇怪，上次明明就在這一帶啊。」

他已經連續走了兩個小時，也找遍了每一條小巷，但還是一直找不到。

「在哪裡啊？到底去了哪裡？」

誠一正在找一家柑仔店。兩個月前，他在這裡找到一家柑仔

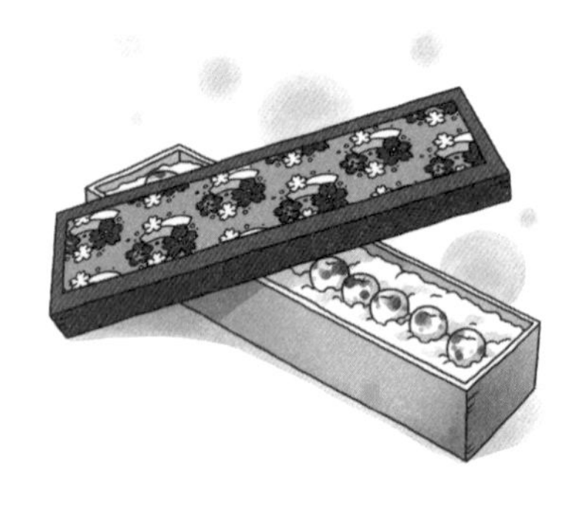

店，店裡有許許多多閃閃發亮的可口零食，以前從來沒有見過像那樣的零食，店裡有一個滿頭白髮、穿著和服的阿姨。

誠一向那個阿姨買了一包妙不可言的零食——「刷牙果」。

誠一從小就很討厭刷牙，即使已經上中學了，他仍覺得刷牙是一件麻煩事。所以每次在媽媽生氣的催促他「去把牙齒刷乾淨！」之前，他都懶得刷牙，即使去刷牙，也只是把牙刷放進嘴裡，胡亂攪動幾下而已。

因此誠一很容易蛀牙，一蛀牙，就會被媽媽大罵一頓，接著只好去看牙醫。

誠一知道只要自己好好刷牙，就不會有這種事發生，但還是覺得很麻煩。

「刷牙果」是完全符合誠一需求的零食。

當柑仔店的阿姨遞上刷牙果時，誠一忍不住激動不已。

小袋子裡裝滿了牙齒形狀的堅果，而且全都是潔白的顏色，發出閃閃亮光。誠一看到這包零食，立刻知道它屬於自己。

「只要吃一顆刷牙果，即使不刷牙，牙齒也會變得很乾淨。像是忙碌的時候，或是實在沒空刷牙時，就可以用它來解決問題。」

誠一聽完那個阿姨的介紹，頓時欣喜若狂，立刻就買了刷牙果。而且那包刷牙果只要十元，實惠的價格也讓誠一很開心。

他急忙回到家，打開袋子，吃了一顆刷牙果。刷牙果有點像薄荷或是檸檬的清爽味道，而且嘴裡立刻充滿了清新的味道。

誠一興奮的在鏡子前張開了嘴。

「沒想到，牙齒竟然變得又白又亮！」

在吃刷牙果之前，誠一的牙縫中都卡著食物殘渣，而且牙齒也都變黃了。現在所有的牙縫都清乾淨了，而且白得令人難以置信。

誠一興奮得跳了起來。

之後，每天需要刷牙的時候，誠一就會吃刷牙果，所以他的牙齒始終維持又白又亮。連媽媽都稱讚他「看來你最近都有乖乖刷牙」，也因此誠一最近沒有任何蛀牙。

但是，刷牙果當然是越吃越少。原本滿滿一包刷牙果，才兩個月後就吃完了。

誠一開始傷腦筋。好不容易解決了刷牙的煩惱，現在又前功盡棄了。

誠一帶了自己所有的零用錢，出門找那家柑仔店。

「無論如何，都一定要買到刷牙果才行。」

然而，他幾乎是「踏破鐵鞋」，但仍舊找不到那家店。

誠一的腳底開始痛了起來，也漸漸感到生氣。

「你在找零食嗎？」

一個沙啞的聲音嗲嗲的問。

回頭一看，一個少女站在身後。那個妹妹頭的少女穿了一件印有紅花的黑色和服，年紀大約七歲左右。雖然她的臉漂亮得驚人，但誠一看到她，卻忍不住後退，好像看到了危險的動物一樣。

少女露齒一笑。

「來買我店裡的零食吧，你跟我來。」

少女說完，就大步走了起來。誠一的雙腳不由自主的跟了上去。雖然他完全不想去，卻無法停下腳步。

然後，他跟著那個少女走進一家店。

那家店一點都不像柑仔店，只有一張吧檯和一張很高的椅子，看不到任何商品。

少女走進吧檯內，又露齒笑了笑，露出了鮮紅的舌頭。

「這個應該很適合實現你的願望。」

少女說完，拿出一個用漂亮的千代紙包起來的細長形小盒子。

打開盒子，裡面鋪了棉花，十二顆潔白的牙齒一字排開。

「啊，是『刷牙果』！」

原來這裡也有賣！誠一差一點就直接撲上前去，但少女立刻把小盒子移開，她告訴誠一：

「不是，你仔細看清楚！這是『蛀牙霰果』。」

「蛀牙霰果？」

仔細一看，的確長得不一樣。「蛀牙霰果」比「刷牙果」大了一倍，而且它和雪白的刷牙果不一樣，蛀牙霰果上有很多黑點，就像蛀牙一樣。

「原來不是刷牙果啊。」誠一忍不住感到失望。

少女又嗲聲輕輕對他說：

「你不要失望，這比刷牙果好多了，畢竟是我店裡賣的東西。」

「這有什麼作用？」

「只要讓別人吃了蛀牙霰果，就可以把自己的蛀牙轉移到對方身上。」

少女雙眼發亮的笑了起來，好像覺得很開心，但又有一種好像野獸般的可怕。

「你明白嗎？刷牙果只能讓你的牙齒變乾淨，預防蛀牙而已，沒辦法治療你的蛀牙。但是，只要有了蛀牙霰果，即使有了蛀牙也不必擔心。只要讓別人吃下蛀牙霰果，把蛀牙轉移到對方身上就好。

所以你不必去看牙醫，蛀牙就沒了。怎麼樣？是不是很厲害？」

「嗯，超厲害！」

誠一的雙眼也亮了起來，但忍不住感到一絲內疚。

「但是，這……不就代表別人會長蛀牙嗎？」

「你不必擔心別人的事，只要自己過得好就沒事了，不是嗎？」

「那倒是。」誠一心想。

而且，可以把蛀牙變到任何人身上，或許很方便。只要讓自己討厭的人吃下這個蛀牙霰果，就可以讓他長蛀牙，痛死他。

「那就讓班上的同學浩介長蛀牙吧。很多女生都圍著他打轉，看了就很討厭。如果他有蛀牙，必須去看牙醫……那就太棒了！活該！」

誠一不懷好意的笑了起來，然後問少女：

「蛀牙霰果要多少錢？」

「代價不是錢，而是你內心湧現的惡意。」

「惡意？」

「沒錯，就是你只顧自己的自私心理。到時候就用你的惡意來支付給我。拿去吧，這個已經屬於你了。聽好了，這只能屬於你一個人喔。」

少女笑著把蛀牙霰果的盒子推到誠一面前。

「每顆蛀牙霰果只能治好一顆蛀牙，等吃完了之後，你可以再來這裡，想要多少就有多少。」

「真的嗎？」

「沒錯。好了，這裡沒你的事了，趕快走吧。」

少女說完，就把誠一趕出店外。

誠一走出那家店，忍不住鬆了一口氣。無論那家店還是那個少女，都讓他感到有點害怕。雖然他很慶幸得到了蛀牙霰果，但如果可以，他希望再也不要到這裡來。

誠一低頭看著蛀牙霰果的盒子。雖然自己得到了很厲害的東西，但這個東西真的可以把自己的蛀牙變到別人身上嗎？

「只有一個方法可以測試。」

那天之後，誠一不再刷牙。他的牙齒越來越髒，即使媽媽威脅他：「再不刷牙就要去看牙醫了！」連爸爸很無奈的對他說：「你的嘴巴很臭。」，誠一仍然堅持不刷牙。

不久之後，只要誠一吃東西，臼齒就一陣疼痛。他照鏡子發現臼齒上有一個黑點。

「太好了！」

機會終於來了。誠一從藏好的小盒子裡拿出一顆「蛀牙霰果」。隔天在學校時，他走到浩介身旁說：

「嗨，浩介，早安。」

「啊，誠一，早安。」

浩介一臉爽朗的笑容，誠一故意皺起眉頭說：

「你的牙齒有點髒了。」

「啊？真的嗎？」

「嗯，我給你吃可以清潔牙齒的零食，咬一咬就好了。」

誠一說完，遞給浩介一顆蛀牙霰果。浩介不疑有他，說了聲謝謝，就把蛀牙霰果放進嘴裡。下一剎那，他立刻牙痛得按住了臉頰。

「好痛！痛死我了！」

「浩介！你怎麼了？」

「浩介，你沒事吧？」

幾個女生立刻跑過來，圍住了牙痛不已的浩介。誠一露出不懷好意的笑容走開了，他嘴裡的蛀牙當然也不藥而癒了。

之後，每次長蛀牙，誠一就把蛀牙霰果拿給自己討厭的同學和不喜歡的同學吃。

「太開心了。既可以解決蛀牙問題，又可以洩恨，簡直太棒了。

即使吃完了，只要再去巷子裡的那家店就好了。」

奇怪的是，每一次只要誠一一走進那條巷子，那個穿和服的少女已經拿著新的一盒蛀牙霰果在那裡等他，好像早就知道誠一會去。

不久之後，誠一喜歡班上一個女生。她是班上一個名叫樹里的女生，個性文靜，臉上的酒窩很可愛。

誠一整天跟在樹里身後打轉，作弄她、調侃她，因為他只會用這種方式表達自己，但這種方法很失敗，樹里越來越討厭誠一，也對他感到害怕。

誠一開始著急起來，希望樹里可以覺得他是個心地善良的好人。

「要不要送她什麼東西來取悅她？有什麼東西是別人沒有，只有我一個人擁有的？啊，有了！我有『蛀牙霰果』！」

放學後，誠一趁樹里身旁沒有其他人時去找她說話。

「嗨，樹里。」

「啊……」

樹里一看到誠一，臉上的肌肉就抽搐起來。誠一很生氣，但還是對她說：「你把手伸出來。」

「我不要，你一定又會把什麼很噁心的東西放在我手上。」

「才不是這樣！你別說廢話了，趕快把手伸出來！我送你一樣好東西！」

誠一從隨時帶在身上的蛀牙霰果盒子裡拿出一顆給樹里看。

「牙齒？」

「這是有魔法的零食。你不是討厭看牙醫嗎？只要用這個，不需要去看牙醫，也可以治好你的蛀牙。」

「你在開什麼玩笑？」

「我沒騙你，這個送你，你可以試試看，真的很有效。只要讓別人吃這個就好。對了，可以選擇之內，只要讓他吃了這個，你的蛀牙馬上就好了。這個就送你了！」

誠一硬是抓住樹里的手，把蛀牙霰果塞到她手上。

就在這個剎那，誠一被送到了一片黑暗之中。

「啊？發生什麼事了？」

他東張西望，仍然看不到教室。前一刻站在自己面前的樹里也不見了，眼前只有一片伸手不見五指的黑暗。

「喂，喂，這是在開玩笑吧？有人嗎？有人在嗎？」

「閉嘴！不許吵！」

聽到不悅的沙啞聲音後，黑暗中浮現一個人影。

她就是給誠一蛀牙霰果的少女，但她的臉上已經沒有笑容，而且還垂著嘴角，額頭上擠出了皺紋，狠狠瞪著眼睛。

「我不是說過，蚌牙霰果只屬於你一個人嗎？竟然因為同情想要送給別人，簡直嚴重違反我們的契約，既然這樣，我就要來收取代價了。」

這時，誠一覺得有什麼東西湧進嘴裡。他忍不住把它吐了出來，發現那是一大團像漆黑橡膠般的東西。

誠一大受打擊，他無法想像從自己嘴裡會吐出那麼多黑色的東西。

「這是什麼？為什麼會在我的嘴巴裡？」

少女攤開那團黑色的東西。

「哼，分量還不少。真可惜，如果多花一點時間，應該可以蒐集到更高純度的惡意。」

少女語帶遺憾的說完後，冷冷的瞥了誠一一眼。

「我和你之間的生意到此結束。」

少女說完後，消失在黑暗中。

「誠一？你怎麼了？」

誠一聽到樹里的聲音，終於清醒過來。

誠一在轉眼之間就回到教室，剛才那片黑暗消失了。雖然他很希望剛才的一切都是夢，但心臟劇烈跳動得有點痛。

誠一看到樹里一臉納悶的表情，想要告訴她自己沒事。

「我沒『日』……」

誠一說出口的話聽起來怪怪的。

他的嘴巴無法順利活動，講的話也變得口齒不清了。

當他感到納悶時，發現樹里臉色慘白的看著自己。

「『噁』麼了？」

「啊……啊啊啊啊啊啊！」

樹里突然尖叫起來。

因為誠一嘴裡的牙齒都消失了，一顆也不剩……。

安室誠一，十三歲的男孩。平成五年的十元硬幣。原本打算再去買「刷牙果」，結果誤信了倒霉堂的「蛀牙霰果」。半年後，付出代價。

# 6 彩虹麥芽糖

走去素描教室的路上，元華越想越心煩，一股沉重的負面情緒在內心不停的打轉。

「百合子到底在得意什麼啊！」

百合子和元華一樣，都是高中三年級的學生，雖然就讀於不同的高中，但都在同一個素描教室學素描。她和元華一樣，夢想能夠考上美術大學，以後想成為知名的畫家。

因為年紀相同，也有相同的夢想，所以她們很快成為好朋友。她們是最好的朋友，也是最棒的競爭對手。

但是，兩個月前，她們的關係卻發生了變化。

一開始是因為百合子的素描突然進步神速，而且她的進步很不尋常。之前她很不擅長畫素描，沒想到才隔了一天，一下子畫得比老師更好。

元華問百合子，到底發生了什麼狀況，但百合子死也不肯告訴她，只是笑嘻嘻的說：「現在你被我比下去囉。」

元華看到百合子臉上的表情，不禁愣了一下。因為眼前的百合子簡直就像變了一個人，以前從來沒有看過她臉上露出這種不懷好意的卑鄙笑容。

感受到百合子的惡意後，元華內心也產生了負面的敵意。

「那個表情是什麼意思？只不過稍微畫得好一點而已，就自以為有多了不起嗎？」元華有點忿恨不平。

元華開始和百合子保持距離。百合子什麼都沒說，只是表現得像是看不起元華。

百合子畫的畫簡直就像照片一樣精準，素描教室的老師都把她捧在手心裡，這更讓元華感到很不舒服。

因為眼看著百合子進步神速，自己卻完全沒有進步，而且畫的素描越來越缺乏力量和氣勢，這就是所謂的瓶頸嗎？

無論怎麼努力都白費力氣，元華忍不住嫉妒百合子。

「這沒什麼好羨慕的，素描只是技巧而已，能畫出自己的風格才重要。即使素描畫不好，也可以用只有我才能畫出來、別人無法模仿的畫和別人一較高下。」

雖然元華一次又一次這麼告訴自己，但還是無濟於事。她對百合子的反彈和嫉妒漸漸占據了她的心，現在就連去素描教室，也變成一種痛苦，她無法專心畫畫。

物屋
音樂祭
市民廳

她知道不能繼續這樣下去，也知道自己最好別在意百合子，但就是無法擺脫內心悶悶不樂的感受。

元華深深的嘆了一口氣時，突然感覺好像有什麼東西在召喚她，轉頭看向旁邊。

那裡是一條昏暗的小巷，小巷深處有一家店。

她好像被吸過去似的搖搖晃晃走進了小巷，走向那家店。

位在小巷深處的是一家柑仔店。走進店內一看，發現各式各樣的零食在迎接她。

元華渾然忘我的看著那些零食——「海賊杏仁巧克力」、「黑暗

「招財貓麻糬」、「妖怪口香糖」、「飛升棉花糖（附贈降落傘）」、「雞尾果汁」、「牧場糖組合」。

每一種零食都好像有特殊的意義，有點詭異，又充滿魅力。元華好久沒有這麼開心了，令人興奮的零食接連映入眼簾。就在這時……

「歡迎光臨。」

聽到一個柔和的聲音跟她打招呼，元華忍不住「哇！」的一聲，跳了起來。

一個身穿和服的高大女人突然站在她身後，雪白的頭髮上插了好幾根玻璃珠髮簪，嘴脣擦得很紅，看起來很時尚。雖然臉上露出親切的笑容，但感覺很有威嚴。

她彎下身看著元華，露齒一笑。

接著，她張開紅色嘴脣，說了很奇妙的話：

「今天的幸運客人，請問你需要什麼？你的願望是什麼？你可以告訴紅子我，不管什麼都行，紅子都會找給你。」

「不管什麼都行？這怎麼可能？」

聽到她說的話，元華很想一笑置之，但是她笑不出來。不知為何，她突然明白這個自稱「紅子」的阿姨是真的有辦法做到——這個阿姨真的有自己想要和需要的東西。

元華緩緩回答說：

「我想要的是……美好的東西，我想要能夠讓內心變得美好的東西。」

她希望有東西可以讓自己被灰色占據的心開始綻放光芒，希望有一種美好的東西可以趕走自己內心這些揮之不去的負面情緒。

元華露出求助的眼神看著紅子，而紅子也注視著她，然後露出對一切完全了解的笑容說：

「我明白了，你看看這個可以嗎？」

紅子把手伸進裝滿各種零食的紙箱，接著拿出一個像蘋果般大小的瓶子。

那個圓形的瓶子差不多像棒球一樣大，裡面裝了黏稠的透明東西，上面還有一個小湯匙，還有一個像眼藥水般的小瓶子，上面綁著一條銀色的細緞帶。緞帶上有一塊牌子，上面用色彩鮮豔，好像在跳舞般的字寫著「彩虹麥芽糖」。

元華的心劇烈跳動著。

「『彩虹麥芽糖』！多美妙的名字。這絕對很厲害。啊，我知道！這是屬於我的。它一直在這家店等待我的出現！我必須馬上把它買回家！」

「我要買！」

「一百元，但必須用昭和六十年的一百元來支付。」

「昭、昭和六十年？我不知道有沒有。」

「你一定有，一定有。」

元華找了一下，發現錢包裡頭果然有一個昭和六十年的一百元硬幣。她很驚訝，但還是把那個一百元硬幣遞給了紅子。

「好的，的確收到了今天的寶物，昭和六十年的一百元。謝謝惠顧。」

紅子把那個瓶子交給元華，然後意味深長的笑了笑說：

「如果能出現彩虹就好了。」

元華聽不懂這句話是什麼意思，但還是鞠躬走出了柑仔店，手上牢牢捧著彩虹麥芽糖的瓶子。

元華走去素描教室的路上，忍不住想要蹦蹦跳跳的。原本覺得「不想去素描教室，不想見到百合子」的念頭竟然消失不見了。她覺得只要有彩虹麥芽糖，就不怕任何事，勇氣也可以不斷湧現。

當元華抵達素描教室時，百合子已經先到了。

百合子一看到元華，立刻對她說：

「剛才老師對我說，我一定可以考上美術大學。」

百合子說完，揚起嘴角，露出令人討厭的笑容。

元華平時如果聽到這些話，肯定會感到憤怒和反彈，但此刻她卻完全不在意百合子臉上醜陋的表情，因為她滿腦子都想著彩虹麥芽糖。

她無視百合子的話，坐在自己的座位上，仔細打量著彩虹麥芽糖的瓶子。

旁邊那個小瓶子裡到底裝了什麼？看起來好像是水。咦？牌子後面好像寫了什麼字。

元華仔細讀了牌子上的字。

彩虹麥芽糖，附上一瓶變化液，想要改變顏色時，可以取用一滴小瓶子裡的變化液加入麥芽糖，再用湯匙充分攪拌。攪拌後，敬請期待顏色變化。

「是喔，原來會變顏色。」

仔細想一想零食的名字就會發現它會有顏色變化，雖然稱為「彩虹麥芽糖」，但眼前的麥芽糖是無色的。變化液也是無色的，不過，是不是像食用色素一樣，加進去之後才會變色呢？

元華興奮不已，想要馬上試試看。

她打開了麥芽糖的蓋子，滴了一滴變化液，然後用附贈的湯匙攪拌麥芽糖……

原本無色透明的麥芽糖漸漸變成了鮮紅色。

「哇啊！」

元華忍不住叫了起來。

那個紅色太美了，宛如深深烙在心上的晚霞天空，也好像雨後綻放的紅玫瑰，更像是熱血沸騰的熱情顏色。

她試著嘗了一口。

「真好吃！」

充滿熱情的甜味就像把燃燒的火焰封在砂糖內一樣。

「紅色，是紅色，這是紅色的味道。」

元華完全陶醉其中，沒有察覺百合子走了過來。百合子雙眼緊盯著染成紅色的麥芽糖。

但是元華根本不在意百合子。百合子已經不重要了，此刻占據她內心的是彩虹麥芽糖的顏色和味道。

「真的太好吃了，而且顏色也太美了。」

但是，元華突然想到隱藏在彩虹麥芽糖中的力量應該不只這樣而已。

所以，她又滴了一滴變化液。紅色消失了，出現了是亮麗的橙色。美麗的顏色既像是剛摘下的柳橙，又像是秋天盛開的桂花，味道也很清新，完全就是「橙色」的味道。

但元華仍然沒有感到滿足。

她再度拿起變化液的小瓶子，把變化液滴在麥芽糖上。滴答。橙色在轉眼之間變淡，出現了黃色。那是像金合歡或是番紅花般燦爛的顏色，卻又不失冷豔。那顏色給人的感受是高傲的，吃起來也有一股冷豔的味道。

接著又出現了黃綠色，那是讓人想要張開雙臂擁抱的嫩葉顏色，味道充滿了春天的喜悅。

接著是讓人聯想到祖母綠的鮮豔綠色。元華在對這種充滿神祕感的味道陶醉不已後，又沉浸在溫柔又溫暖的水藍色味道的麥芽糖中。

在令人雙眼一亮的藍色之後，又出現了深沉的高貴紫色，接著是純樸又充滿溫暖的金茶色，和夢幻的櫻花色。

閃閃發亮，卻又不失滋潤穩重感的銀色有一種清新的風味；充滿莊重威嚴的黑色甜味很飽滿，有像黑糖般的香氣。

在欣賞各種色彩和味道後，元華的心情完全開朗起來，她覺得彩虹麥芽糖趕走了自己內心的鬱悶，此刻內心充滿了繽紛的色彩。

她忍不住輕輕吐了一口氣，同時聽到有人在旁邊小聲的說：

「真漂亮……」

元華這才發現站在自己身旁的百合子。百合子臉色紅潤，一臉沉醉的表情，完全看不到之前那種令人討厭的感覺。

「百合子現在該不會也和我有相同的感受吧？」

真希望是這樣。元華這麼想著，點了點頭。

「嗯，真的很漂亮。」

「嗯。」

他們互看了一眼，親切的相視而笑。

這時，黑暗突然籠罩在她們周圍。

「啊！」

「怎……怎麼了？」

她們忍不住握住彼此的手，一名少女忽然站在她們面前。

元華瞪大了眼睛。

那個少女很漂亮。白皙的臉蛋端正得令人害怕，紅色的嘴脣輪廓清晰，剪成妹妹頭的頭髮是帶有光澤的深藍色，再加上她穿了一件紅色彼岸花圖案的黑色和服，乍看之下，還以為她是個人偶。

但是，少女的一切支配著眼前這份不祥的黑暗。

這個少女令人覺得可怕。

元華渾身起了雞皮疙瘩。

但是，百合子受到的驚嚇遠遠超過元華，她渾身發抖，連牙齒都在打顫。少女惡狠狠的瞪著百合子，完全不看元華一眼。

「你這個蠢貨。」

少女沙啞的聲音令人毛骨悚然，一直冷進骨子裡。

「你說要比任何人更會素描，想要考進美術大學，為了達到這個目的，可以不擇手段。因為你這麼說，我才給你吃了我的『素描紅豆湯』。沒想到你竟然被錢天堂這種上不了檯面、只會耍點小花招的零食吸引。算了，沒關係，那就按照當初的約定，我來回收代價了。」

少女說完後，打了一個響指，百合子慘叫一聲，身體縮成一團。

元華說不出任何話，而百合子雙手捂著眼睛，漆黑黏稠的東西從她的指間流了下來。

「那是從百合子的眼睛流出來的嗎？」元華感到害怕，愣在原地動彈不得。

從百合子身上流下來的黏稠東西往那個少女的方向移動，少女把那些東西拿了起來，雙手搓揉著，慢慢搓成了一顆球。

「你的惡意就是對比你更優秀的人所產生的嫉妒，以及希望比別人更引人注意的虛榮心，但沒想到量竟然這麼少，太讓我失望了。算了，不足的部分就用你的後悔來支付。」

少女向百合子逼近一步。

「她想要對百合子做什麼可怕的事！」

元華立刻把彩虹麥芽糖放在百合子手上。她自己也不知道為什麼要這麼做。但是她覺得自己必須這麼做，然後身體就採取行動了。

少女瞇起了眼睛。

「你少管閒事，把那個東西收回去。」

「不……不要！」

「我對你沒興趣，更何況她根本不值得你保護她。」

「……」

「她吃的素描紅豆湯，會吸走周圍人的繪畫才華，並占為己有。我曾經清楚告訴她，這樣會吸走朋友的才華，沒問題嗎？她回答說沒關係，然後高高興興的吃下了素描紅豆湯。」

「……」

「她之前很嫉妒你，嫉妒你和其他同學的才華，她想要把你們踢開，自己一個人考取美術大學。她的慾望和惡意召喚了我和倒霉堂，了解了嗎？她是壞蛋，根本不是你的朋友。」

少女說話的語氣很嗲，但聲音很沙啞，像是充滿了惡意的毒藥。

元華頭昏腦脹，她終於了解自己的素描功力退步原來和百合子的進步有關。不是百合子自己進步了，而是她吸走了元華和其他同學的繪畫能力，百合子太自私，也太狡猾了。

想要任由那個少女處置百合子的想法油然而生。

「百合子很討厭，她背叛了我，也害了我，這是她罪有應得。」

元華很想這麼說，但是她在最後關頭改變了主意。如果現在被這片黑浪吞噬就完蛋了，不光是百合子，一定也會對自己的心造成無可挽回的結果。

「不要。我不想成為那種人。」

元華回想起彩虹麥芽糖呈現的許多美麗的顏色，以及為她帶來的愉快，她瞪著那個少女。

「我也曾經……那麼想過！每個人都會……並不是只有百合子會這麼想。每個人心裡都會有一些骯髒的念頭！但是，除了骯髒的念頭，也有美好的念頭！」

少女咂著嘴，向元華和百合子逼近，她舉起手……

「糟了，我的麥芽糖會被她摧毀！」

元華的身體忍不住縮成一團。

就在這時，響起一個冷靜卻有威嚴的聲音。

「住手！」

一個高大的影子擋在元華她們和那個少女之間。她是賣彩虹麥芽糖給元華的柑仔店老闆娘紅子。她的白髮在黑暗中閃著光，高大的身體看起來更福態了。

少女皺起眉頭。

「紅子……你想要妨礙我嗎？」

「我無意妨礙你回收代價，當初你出售惡意的零食是由這個少女向你購買的，你現在來回收代價是你正當的權利，但是……」

紅子的笑容帶著一絲威嚴。

「但你剛才想要摧毀彩虹麥芽糖……如果是和我競爭零食的效果也就罷了，但摧毀本店的零食就違反了遊戲規則，我當然不能袖手旁觀。」

「但是這個女孩妨礙我的生意啊。」

「她是錢天堂的客人，不是倒霉堂的客人，她要如何使用她買的零食，是她的自由，你不可以干涉。還是說，你無論如何都要動手呢？」

紅子瞪著那個少女。

那個少女退縮了。她把頭轉到一旁，咬牙切齒的說：

「好吧，這次我就先離開。但是，這份人情你早晚要還，你非還不可！」

「啊喲啊喲，你說的話真嚇人啊。」

紅子露出平靜的微笑，少女狠狠瞪著她，接著突然納悶的偏著頭說：

「我之前就想問你，你是根據什麼挑選客人？你每天抽籤挑選當天的零錢，而且只有身上有那個零錢的人，才能夠找到你的店。為什麼要這麼大費周章？」

「因為我想見識不同人的生活方式。」

紅子緩慢的回答。

「金錢是人類慾望的化身，但錢並不是壞東西。隨著使用的人不同，錢可能帶來幸運，也可以帶來不幸。我覺得很有意思，就好像惡意會讓澱澱你開心一樣，我也很喜歡看到人們抓住不同的運氣，所以才會開這家『錢天堂』。那是一家測試運氣的柑仔店，可以用錢買到店裡的商品，但客人可以自己選擇幸運或是不幸。」

「哼！果然很莫名其妙，我沒辦法理解。」

少女不以為然的說完，消失在黑暗中。

紅子看著元華，露出佩服的表情。

「雖然你是為了朋友，但竟然能勇於對抗倒霉堂的溷溷，你很有勇氣。」

「沒有啦……只是覺得百合子很可憐。」

元華結結巴巴的回答時，看著百合子。百合子仍然蹲在地上，

深受打擊，用力閉著眼睛。

「我再也無法睜開眼睛，也無法站起來了。」百合子的身影似乎在對元華這麼說著。

元華聽了百合子的話，覺得十分心痛，忍不住向紅子求助。

「我該怎麼辦？要怎樣才能救百合子？」

「你應該知道答案。啊？你剛才不是說，每個人除了骯髒的念頭，也有美好的念頭嗎？」

紅子意味深長的指向百合子的手，元華順著她手指的方向看過去，驚呼了一下。百合子緊握的彩虹麥芽糖的瓶子正發出了淡淡的光芒。

元華蹲在百合子身旁，輕輕從她手上拿走了瓶子，然後倒吸了一口氣，瓶子中浮現出彩虹的顏色——紅色、橙色、黃色、黃綠色、綠色、淡藍色、藍色、紫色、金茶色、櫻花色、銀色和黑色。所有顏色都一道一道交織在一起，麥芽糖真的變成了彩虹的顏色。

「啊！不會吧，為什麼？怎麼會變成這樣？沒有加變化液，為什麼會變成彩虹色？」

元華仔細打量著麥芽糖的瓶子，又檢查了湯匙、牌子和變化液的小瓶子。最後在銀色的緞帶上，看到了一行彩虹色的小字。

當你真心希望時，麥芽糖就會變成最美的色彩——彩虹色。

「原來是這樣！」

這是元華真心希望的顏色，是她想要拯救百合子的心所呈現的顏色。既然這樣，就一定可以拯救百合子。

元華迫不及待的用湯匙舀起麥芽糖，把閃著彩虹光芒的麥芽糖慢慢放入百合子嘴裡。

百合子睜開眼睛。一開始，她的眼神很空洞，眼珠子好像是兩個黑暗的空洞，後來百合子的眼睛漸漸恢復光芒，元華忍不住哭了起來。

「百合子！」

「元、元華……對不起，真的很對不起！」

「不，沒關係，真的沒關係。」

兩個人不知道什麼時候回到了素描教室，那片黑暗和紅子都不見了。素描老師瞪大眼睛看著兩個人在教室門口抱在一起痛哭。

等等力元華，十七歲的女生，昭和六十年的一百元硬幣。用購買的「彩虹麥芽糖」拯救了吃下倒霉堂「素描紅豆湯」的朋友。

# 番外篇　比賽永遠不會結束

倒霉堂的澱澱一臉不悅的坐在一片沒有止境的黑暗中。

一個高大的人影悄悄出現在她的身後，那個高大的女人穿著紫紅色和服，白髮上插了很多髮簪——她是錢天堂的紅子。

紅子露出從容的笑容對澱澱說：

「我想，我們已經較量過了。」

「…………」

澱澱沒有回答，她生氣的噘著嘴。

紅子繼續說了下去。

「這樣就夠了吧？我之前也說過，本店和倒霉堂的商品完全走不同的路線。既然走不同路線，就沒必要競爭。」

「……」

「雖然剛開始時，我的確有競爭的想法，但我們有本質上的不同，所以沒什麼好比的，即使要比輸贏，論高下，也沒什麼好玩，我們之間的零食比賽到此結束，這樣對大家都好。」

「一點都不好。」

澱澱終於開口，她咬牙切齒的發出像是滴著毒液的聲音。

澱澱猛然站了起來，瞪著紅子。

「你說較量已經有了結果，就到此結束？開什麼玩笑！你是不是因為彩虹麥芽糖摧毀了素描紅豆湯的效果就得意忘形了？我可不能讓你得逞，紅子，我不會讓你贏了就想走人。」

「不，我是說，這種較量……」

「你給我閉嘴！誰說到此為止？比賽現在才剛開始！紅子，我不會輸給你。我一定會追上你！我一定會讓你這間測試運氣的柑仔店關門大吉，你走著瞧！」

瀏瀏大叫之後，跑進黑暗之中。

紅子無奈的聳了聳肩。

「瀏瀏真是纏人，她對較量這麼執著，代表她還很年輕，真希望她趕快放棄。但是……如果她真的太纏人，我也必須採取防範措施。真是麻煩，比起這種事，我更想好好思考新商品。對了，『灰姑娘風味南瓜布丁』似乎不錯，還是『長髮公主椒鹽捲餅』？嗯嗯，我要趕快回店裡和廠長好好討論一下。」

紅子自言自語著，消失在黑暗中。

神奇柑仔店4
# 給我變強的狼饅頭

作　　者｜廣嶋玲子
插　　圖｜jyajya
譯　　者｜王蘊潔

責任編輯｜楊琇珊
封面設計｜蕭雅慧
電腦排版｜中原造像股份有限公司
行銷企劃｜葉怡伶

天下雜誌群創辦人｜殷允芃
董事長兼執行長｜何琦瑜
媒體暨產品事業群
總 經 理｜游玉雪
副總經理｜林彥傑
總 編 輯｜林欣靜
行銷總監｜林育菁
副 總 監｜李幼婷
版權主任｜何晨瑋、黃微真

出版者｜親子天下股份有限公司
地址｜台北市104建國北路一段96號4樓
電話｜（02）2509-2800　傳真｜（02）2509-2462
網址｜www.parenting.com.tw
讀者服務專線｜（02）2662-0332　週一～週五：09:00~17:30
讀者服務傳真｜（02）2662-6048
客服信箱｜parenting@cw.com.tw
法律顧問｜台英國際商務法律事務所・羅明通律師
製版印刷｜中原造像股份有限公司
總經銷｜大和圖書有限公司　電話：（02）8990-2588

出版日期｜2019年6月第一版第一次印行
　　　　　2024年7月第一版第三十七次印行
定　　價｜280元
書　　號｜BKKCJ060P
ISBN｜978-957-503-411-5（平裝）

訂購服務
親子天下 Shopping｜shopping.parenting.com.tw
海外・大量訂購｜parenting@cw.com.tw
書香花園｜台北市建國北路二段6巷11號　電話（02）2506-1635
劃撥帳號｜50331356　親子天下股份有限公司

立即購買＞

國家圖書館出版品預行編目資料

神奇柑仔店4：給我變強的狼饅頭／廣嶋玲子文；jyajya 圖；王蘊潔 譯. -- 第一版. -- 臺北市：親子天下, 2019.06
224面；17X21公分. --（樂讀456系列；60）
譯自：
ISBN 978-957-503-411-5（平裝）

861.59　　108006445